LORENA LENN

PE VALURILE IUBIRII

STYLISHED
Timișoara, 2018

Descrierea CIP a Bibliotecii Naționale a României
LENN, LORENA
  Pe valurile iubirii / Lorena Lenn.
  Timișoara : Stylished, 2018
  ISBN 978-606-94577-8-8

821.135.1

Editura STYLISHED
Timișoara, Județul Timiș
Calea Martirilor 1989, nr. 51/27
Tel.: (+40)727.07.49.48
www.stylishedbooks.ro

PE VALURILE IUBIRII

Pentru cei care luptă pentru dragostea adevărată...

Capitolul 1

Era o zi caldă de vară, iar soarele se reflecta în Oceanul Atlantic, care scălda oraşul Savannah în apele sale. Vântul abia adia, iar trilul păsărilor se auzea până pe plaja Coral Bay. Acolo se afla iahtul Mermaid, într-un loc mai ferit de ochii curioşilor, fiindcă era locul ideal pentru şedinţa foto din ziua respectivă.

Şedinţa îl avea în prim plan pe fotomodelul de succes Kay Rhymes, care promova o marcă de costume de baie. Logodnicul ei, fotograful Kyle Maxwell, supraveghea tot ceea ce se întâmpla pe plajă, de la stabilirea cadrelor şi luminii ideale pentru fotografii, până la captarea stărilor şi zâmbetelor superbe pe care le obţinea de la frumoasa lui logodnică.

Kay se simţea în al nouălea cer. Era fericită că se afla în acest loc minunat, înconjurată de echipa ei, care o ajuta mereu ca fotografiile să fie perfecte. Cea mai importantă persoană din echipă, şi prietena ei cea mai bună, era Sheila Black. Ea se ocupa şi de machiajul ei, iar Kay era foarte mulţumită de prestaţia prietenei sale.

Kay dorea să arate impecabil, iar pozele să fie perfecte, ca de fiecare dată. Ținea mult ca oamenii care le priveau să fie plăcut surprinși și să vadă ceva și dincolo de ele. Nu avea doar un chip frumos, ci mai mult decât atât.

Cei care îi stăteau alături în ziua respectivă aveau încredere în frumusețea ei. Kay era brunetă cu ochi căprui și trăsături deosebite, dar și o profesionistă, și le făcea plăcere să lucreze cu ea. Acum se pregătea pentru poza de final a catalogului și era deja așezată pe plajă, într-un costum albastru alcătuit din sutien și coadă de sirenă. Arăta minunat și așa se și simțea, iar părul i se mișca ușor în bătaia vântului.

În timp ce poza, îl privea cu drag pe Kyle și îi zâmbea vesel, iar el o încuraja:

— Așa, frumoaso, zâmbește! Ești minunată!

Pozele curgeau, imortalizând-o pe superba sirenă din fața lui.

Kay era conștientă de eforturile pe care le-a depus până când a ajuns unde era acum, precum și de sprijinul iubitului ei, și îi era foarte recunoscătoare. Kyle era și impresarul ei și se simțea protejată de el atât sentimental, cât și profesional. Aveau o relație frumoasă. Tânărul Kyle era un brunet fermecător, cu ochi albaștri și zâmbet cuceritor.

Totuşi, parcă lipsea ceva. Kay se mustra, câteodată, în gând. Toate femeile caută un bărbat precum Kyle, dar ea nu se simţea întreagă alături de el. Nu întotdeauna. Ştia că e perfecţionist şi-şi doreşte să realizeze tot mai multe pe plan profesional, dar acesta era un lucru bun, mai ales în meseriile lor. Parcă trăiau într-un basm, era prea frumos ca să fie adevărat.

În momente acelea, îşi amintea cum se cunoscuseră, cu un an în urmă, când ea avea 18 ani, la o petrecere dată de agenţia de modelling pentru care lucra şi acum. Îi fusese desemnat ca fotograf şi uşor, uşor, relaţia lor începuse să evolueze.

Kyle era genul de bărbat care atrăgea privirile femeilor, însă Kay era bucuroasă, fiindcă el îi spusese că nu are ochi decât pentru ea. Un bărbat galant, frumos, talentat în meseria lui. Nu ştia de ce, uneori, nu era îndeajuns de fericită şi mulţumită, dar spera că toate aceste stări neplăcute aveau să dispară odată cu apropiata lor căsătorie. Ţinea foarte mult la el, îl iubea, dar di n când în când simţea un gol în inimă, un gol pe care spera să-l umple atunci când aveau să fie căsătoriţi.

Kay nu mai avea familie. Părinţii îi muriseră când avea 15 ani, într-un accident de maşină.

Nu-i făcea plăcere să-şi aducă aminte de perioada aceea, dar se gândea cu drag la persoanele care îi fuseseră alături – prietena ei, Sheila, mătuşa care a crescut-o, sora mamei sale, Julie Combs, şi, mai târziu, Kyle, singurul bărbat care îi câştigase inima.

După ce pozǎ pe plajă, Kay se întoarse pe iaht ajutată de către colegii ei, fiindcă purta costumul de sirenă. După plecarea lor, rămase singură cu Kyle, care dorea să-i facă fotografii şi acolo.

— Eşti foarte frumoasă! Aşa, zâmbeşte! Bravo! Vor ieşi nişte fotografii superbe! exclamă el, încântat.

În câteva minute, şedinţa foto se termină, iar Kay vru să se schimbe, dar auzi imediat vocea lui Kyle:

— Nu te schimba! Rămâi aşa!

— De ce?

Îl văzu venind spre ea şi inima îi bătu mai repede. Simţi privirea lui cercetătoare asupra sa şi o cuprinse stânjeneala. Kay o luă în braţe şi o sărută uşor pe gât.

— Ştii ce mi-aş dori să fac acum? Ştii cât de mult te doresc, nu-i aşa? o întrebă el, cu glas uşor răguşit.

— Da, Kyle, dar...

Kay se încruntă puţin.

— Ştiu, ştiu, nu acum...dar va veni şi momentul ăla şi va trebui să ai încredere în mine... spuse bărbatul, plimbându-şi palmele pe talia ei şi trimiţându-i fiori prin tot corpul.

— Hai să nu mai vorbim despre asta, te rog. Nu acum, zise ea, întorcându-se uşor spre el şi mângâindu-i obrazul, ca să-l liniştească. Ştiu că nu-ţi vine uşor, dar te rog, de dragul meu, ai răbdare cu mine.

— Ştii bine că am, scumpo, spuse el, lipind-o mai mult de corpul său şi sărutând-o cu poftă.

Se înfiora când o săruta, simţea că o doreşte, că vrea ca ea să fie cu totul a lui, doar a lui, dar ceva o oprea de fiecare dată. Îi lipsea experienţa, dar şi curajul de a merge până la capăt, de a face dragoste cu el. Nu-şi putea explica de ce, teoretic ştia că, atunci când doi oameni se iubesc, ajung să facă şi pasul ăsta, dar pur şi simplu ea nu putea. Cel puţin nu încă. Îi trecuse deseori prin minte că, probabil, nu-l iubeşte îndeajuns, dar aşa stăteau lucrurile şi nu avea cum să le schimbe.

Stând pe marginea vasului în braţele lui Kyle, pierdută în gânduri şi adâncită în sărutul lui fierbinte, o mişcare bruscă a iahtului o făcu să-şi piardă echilibrul şi o aruncă peste bord. Nu mai auzi decât vocea lui Kyle, care îi striga numele şi se auzea ca o şoaptă tot mai îndepărtată.

Înfruntă apa, dar, cum nu ştia să înoate, pier-
du lupta. Nu mai simţea decât teamă şi panică.
La un moment dat, obosi să lupte pentru viaţa ei,
iar apa o cuprinse cu totul, ca într-o îmbrăţişare
a morţii. Îşi pierdu cunoştinţa.

Echipa ei, aflată pe plajă, rămase stupefiată
la auzul celor spuse de Kyle. Cineva sună după
ajutor, dar Kay era de negăsit, iar el, în stare de
şoc. Sheila plângea şi spera ca totul să se termine
cu bine şi să-şi regăsească prietena. O fată minu-
nată precum Kay nu merita să-şi găsească sfâr-
şitul în apă. Niciodată şi mai ales nu acum, când
era atât de tânără.

Toate aceste gânduri se învârteau neîncetat
în mintea Sheilei.

— Capitolul 2 —

De la distanţă, plaja Coral Bay era supra-vegheată de privirea atentă a salvamarului Matthew Keats, care abia intrase în tură şi se simţea în mediul lui acolo, în apropierea mării.

Matthew Keats avea 21 ani, păr blond, ochi căprui şi o constituţie atletică. Adora ceea ce făcea pe plajă. Îi plăcea ideea de a salva vieţi, de a nu le lăsa tribut mării, iar cu fiecare persoană pe care o readucea la viaţă din ghearele mării simţea că-şi îndeplineşte mai bine misiunea.

Stătea alături de colegul său, Keanu Morris, un tânăr de care se deosebea fizic, acesta fiind brunet cu ochi verzi, dar de care îl apropia dorinţa comună de a salva vieţi.

Matthew era decis să facă o plimbare pe plajă. Adora să simtă nisipul fin sub picioare şi razele soarelui încălzindu-l şi reflectându-se în apă. Vedea o mulţime de oameni care se bronzau sau se bălăceau în apă, iar trupurile unora dintre femeile care stăteau la plajă erau de-a dreptul ademenitoare. Însă el era un bărbat care ştia să vadă dincolo de frumuseţea trupească. Nu avu-sese niciodată o aventură cu vreo turistă, nu-i

stătea în fire. Își dorea lângă el mai mult decât un corp frumos și spera ca într-o zi să găsească ceea ce căuta. Aventurile i le lăsa amicului său Keanu, care era mai mult decât bucuros în privința asta.

La un moment, scrutând plaja, Matthew ceva îi atrase atenția în mod special. Alergă la locul respectiv, mai ales că exista pericolul ca marea să tragă spre ea ceea ce observase el.

Priveliștea îl năuci: o brunetă frumoasă, cu ochii închiși, îmbrăcată în sirenă, în pericol de a fi înghițită de mare; părul plin de nisip i se răsfira pe umeri.

Toți salvamarii își doresc să întâlnească o sirenă, își zise Matthew, în timp ce o admira. Nu stătu mult pe gânduri, ci o aduse la mal, apoi începu s-o resusciteze. Încercă din nou și din nou, dându-i din aerul lui, simțindu-i buzele dulci:

— Hai, fetițo, deschide ochii! Deschide-i pentru mine sau pentru cine vrei tu, dar deschide-i odată! cuprins de o disperare pe care parcă nu o mai simțise niciodată când încercă să salveze alte victime ale mării. Te rog, dacă mă auzi, deschide ochii, sirenă frumoasă! adăugă, știind că nu-l aude nimeni.

Își lipi din nou buzele de buzele fetei, suflându-i viață. Inima îi bătea tot mai tare din cauza efortului și a concentrării. Matthew nici nu

observă când lumea de pe plajă se adună în jurul lor, urmărind cu sufletul la gură ceea ce se întâmpla. Mângâie rapid obrazul fetei, apoi îi atinse din nou buzele, simțind că este implicat cu totul în salvarea ei, că de el depinde viața ei.

O voce care îi spunea să deschidă ochii răsuna întruna în mintea lui Kay și ceva mai puternic decât ea o făcu să se trezească. Primul lucru pe care îl văzu fu chipul celui care o salvase, o privire în care s-ar fi putut pierde așa cum s-ar fi putut pierde în mare: iremediabil...

Când frumoasa sirenă începu să tușească, Matthew o ridică ușor pentru a o ajuta să elimine toată apa și să respire normal. Era fericit, foarte fericit că reușise s-o readucă la viață. În aplauzele și uralele mulțimii, o privea și-i zâmbea:

— Ți-ai mai revenit? Totul e bine acum, nu-ți face probleme, o asigură, ținând-o încă în brațe.

O cercetă pentru a observa eventuale răni, dar din fericire nu văzu niciuna, în afara unor vânătăi ușoare, iar asta îl liniști. Privirea confuză și roșeața din obrajii fetei îl făcură să zâmbească.

— Da... cred că da... Mi-ai salvat viața și-ți mulțumesc! răspunse ea, îmbrățișându-l sub impulsul momentului, iar el o îmbrățișă, la rândul său.

— N-ai pentru ce. Plăcerea e de partea mea

13

şi mă bucur că am reuşit. Mi-ai dat ceva de lucru, dar, până la urmă, ai deschis ochii. Sunt salvamar, e datoria mea să salvez vieţi. Bine ai revenit printre noi! rosti el zâmbind, un zâmbet amabil, care făcea mai mult decât cuvintele.

— Ok, situaţia e sub control acum, toată lumea se poate întoarce pe plajă! spuse Keanu, martor la cele petrecute.

Keanu remarcă privirea satisfăcută a lui Matthew, care îi făcu semn că situaţia e sub control.

— Ce s-a întâmplat aici, prietene? întrebă Keanu, observând frumuseţea fetei.

— Totul e în regulă acum, răspunse Matthew, neputându-se lua ochii de la fată. Spune acum, sirenă frumoasă, ce cauţi pe tărâmul nostru şi cum te numeşti? Mai e cineva cu tine aici? Keanu, cheamă o ambulanţă, trebuie să ne asigurăm că nu a păţit ceva grav.

— Nu! Nu încă! Nu pot să merg aşa la spital şi, oricum, sunt bine, din câte văd. Domnule salvamar, ştii la fel de bine ca mine că nu există sirene. Dar, că tot veni vorba... nu ştiu de ce sunt îmbrăcată aşa. Cât despre numele meu... nu-l ştiu... Te rog să mă crezi, n-am idee ce caut aici, pe plajă... vorbi fata serioasă, încrucişându-şi braţele şi încercând să nu privească bustul gol al bărbatului.

El purta doar pantaloni scurţi şi stătea atât de aproape de ea... Era teribil de confuză. Cum adică să nu-şi amintească cine e?

— Nu te îngrijora, probabil e ceva temporar, zise Matthew, sperând să nu se înşele. Hai, linişteşte-te, până vine ambulanţa, te duc în cabina mea. Acolo am nişte haine care sunt ale surorii mele şi te vei putea schimba. A! Nu-mi mai spune „domnule", n-am 100 de ani, zise el surâzând uşor.

Ea nu-şi putea explica deloc căldura ciudată din ochii lui când îi zâmbea.

— Îţi mulţumesc din nou, zise, după o clipă de ezitare. Doar că nu pot să merg din cauza cozii... adăugă, scuzându-se.

— Asta nu-i o problemă.

Matthew râse şi o ridică în braţele sale puternice.

— Stai! Doar n-ai de gând să mă duci aşa! Se uită toată lumea la noi! protestă fata jenată, încercând să nu se lipească de el mai mult decât era necesar.

Faptul că lumea se uita la ei o intimida. Până la urmă, nu vedeau aşa ceva în fiecare zi, o sirenă purtată în braţe de un salvamar, mai ales unul fermecător. Vedea şi privirile femeilor care ar fi vrut să fie în locul ei, în braţele lui, şi se gândea

15

că nu e vina ei. Ea îşi dorea doar să fie bine.

— Nu văd cum altfel te-aş putea duce. Nu-ţi face probleme din cauza lumii, tot ce contează e ca tu să fii în regulă, zise Matthew.

— Nu ştiu de ce mi se întâmplă toate astea. Vreau să merg acasă, dar nu ştiu unde... Nu ştiu nimic acum... Şi începe să mă doară capul... zise fata, tristă.

— Totul se va rezolva. Ai încredere în mine, voi avea grijă de tine.

Matthew o privind-o intens, observând că lănţişorul de aur de la gâtul ei avea ca pandantiv litera K. Ea îl privi la rândul ei, dar, fiindcă o intimida, îşi impuse să privească marea.

Odată ajunşi în cabina de pe plajă, el îi făcu un semn spre baie şi îi dădu hainele surorii sale, pe care se bucură că le are acolo. După ce fata se schimbă, merse cu ea la ambulanţa care sosise şi o însoţi la spital, rugându-l pe Keanu să-i ţină locul.

— Am să fiu aici când te va lăsa doctorul să pleci, îi promise Matthew. Să te faci bine!

— Mulţumesc! zise ea, recunoscătoare.

La spital, medicul constată că fata era sănătoasă nimic şi îi recomandă un unguent pentru cele câteva vânătăi. Când stătea întinsă pe pat, după ce doctorul îi făcuse o injecţie cu vitamine,

se auzi o bătaie în uşă.

— Da, poţi intra, zise doctorul Bruce Niels. Ştii, a fost aici de când te-am adus şi acum se pare că vrea să te vadă.

Când intră Matthew, parcă ieşi soarele în salon. Fetei i se tăie respiraţia, iar inima începu să-i bată nebuneşte. El se schimbase între timp, purta pantaloni scurţi albaştri şi un tricou negru care îi evidenţia trupul bine lucrat.

— Mai las-o jumătate de oră şi apoi puteţi pleca, zise doctorul.

— Cum se simte? se interesă Matthew.

— E bine, are amnezie, probabil temporară, dar, în timp, îşi va reveni, zise doctorul.

— Cum adică „probabil", nu se ştie exact?

— Nu, încă nu pot fi sigur, dar, cu răbdare şi fără presiuni, îşi va redobândi memoria, explică Bruce, pe un ton încurajator. Vă las acum, trebuie să vizitez alţi pacienţi.

— Cum te simţi? o întrebă Matthew pe fată, apropiindu-se de pat şi încălzind-o cu privirea lui.

— Mai bine, fizic. Cât despre amnezie, nu ştiu ce să spun... oftă ea, urmărindu-l cum se aşază pe marginea patului.

— Doctorul a spus să ai răbdare cu tine şi te vei face bine. Vei vedea că în scurt timp îţi vei

reveni, o asigură el, luând-o de mână.

Atingerea lui o ardea, dar o şi liniştea în acelaşi timp.

— Îţi mulţumesc pentru încurajări, zâmbi ea. Chiar sper să-mi revin cât mai repede.

— Nu e nevoie să-mi tot mulţumeşti. A! Uite, ăsta e pentru tine.

Matthew urmări reacţia fetei când îşi scoase de la spate mâna în care ţinea un ursuleţ de pluş.

— Oh! E atât de drăguţ! Îţi mulţumesc mult! exclamă ea şi strânse ursuleţul în braţe.

El înghiţi în sec, urmărindu-i fiecare gest.

— Cu plăcere!

— Ă... faci asta cu toate fetele pe care le salvezi?

— Doar cu sirenele, izbucni el în râs, privind-o cu drag.

Ea se încruntă puţin, dar zâmbetul îi înflori pe chip.

— Ca să-ţi treacă supărarea, uite aici! Matthew îi întinse un sendviş într-o punguţă. Poate ţi-e foame.

Fata luă sendvişul, moment în care degetele li se atinseră. Simţi privirea care o fixa. Îi mulţumi din ochi, iar el îi zâmbise în felul ăla care o zăpăcea.

Încercă să mănânce uitându-se pe fereastră.
Nici nu ştia de cât timp nu mai mâncase, dar îi
prindea bine sendvişul. Totuşi, se simţea atât de
pierdută... Nu ştia cine e, nu ştia multe lucruri,
dar se bucura de orice sprijin, iar bărbatul din
faţa ei era un adevărat sprijin. Îi era foarte recu-
noscătoare.

— La ce te gândeşti, micuţă sirenă? întrebă
el amuzat, dar ea citi în ochii lui ceva mai pro-
fund decât amuzament.

— Of, când ai să încetezi cu asta? rosti ea,
puţin iritată.

— Dar nu ştiu cum altfel să-ţi spun, se apără
Matthew afişând o expresie nevinovată şi păs-
trându-şi zâmbetul seducător.

— Ai dreptate....

— E timpul să mergem acasă, zise el serios,
pe un ton care nu admitea contraziceri.

— Acasă? zise ea uimită.

— Da, acasă la mine. Până îţi revii, vei fi în
grija mea. Oricum, sora mea se plictiseşte singu-
ră şi îi va prinde bine o companie feminină, zise
el amuzat, văzându-i figura panicată.

— Dar cum să-ţi asumi o astfel de responsa-
bilitate? Nici nu mă cunoşti, se miră fata. Nu faci
cu toată lumea asta, nu-i aşa?

— Nu, nu fac asta cu toată lumea. Doar cu tine, fiindcă ai nevoie de ajutor. Ai o soluție mai bună decât a mea? Ai bani, ai unde să te cazezi, mai e cineva aici, în afară de mine? În plus, sunt salvamar, cu mine ești în siguranță și, oricum, e ceva temporar, doar până când îți recapeți memoria. Pe moment, sunt cea mai bună opțiune a ta.

„Ești bărbat, cum aș putea să fiu în siguranță cu tine?" se întrebă ea, neștiind de ce îi trecuse ideea asta prin minte.

— Și, din nou, ai dreptate, conchise ea, serioasă. Îți mulțumesc și îți promit că într-o zi te voi răsplăti pentru tot ajutorul oferit.

Dacă la început îl privise în ochi, după câteva secunde nu mai fu în stare să-i susțină privirea. Era prea mult pentru ea. Însă, sub impulsul momentului, îl îmbrățișă, simțind că și inima lui bate mai puternic. El o mângâie ușor pe spate, liniștind-o.

— Totul va fi bine, vei vedea. Nu te mai îngrijora. Păstrează-ți energia ca să te însănătoșești, asta e cel mai important, vorbi el cu o voce ușor răgușită, care o emoționa. Hai să mergem acasă, sora mea va fi foarte fericită să aibă o prietenă prin preajmă.

O ajută să coboare din pat.

— Pot să merg, spuse ea pe ton serios, dar sclipirea jucăuşă din ochii lui o făcu să zâmbească.

— N-am zis că nu poţi. Hai, maşina e afară.

O luă de mână ca şi cum ar fi fost ceva firesc. Atingerea lui îi potolea vâltoarea emoţiilor şi a întrebărilor fără răspuns din mintea ei. Matthew îi observă nedumerirea de pe chip atunci când o luă de mână. Zâmbi, plăti doctorul, apoi plecară amândoi.

În maşină, îi puse centura de siguranţă, atingându-i involuntar abdomenul, gest care pe fată o făcu să respire accelerat. Matthew ţinea strâns volanul, iar ea îşi concentră atenţia la drum, admirând cerul senin şi păsările care zburau bucurându-se de soare, de lumină, de căldură, de mare, de natură.

— La ce te gândeşti? N-ai scos o vorbă de când am plecat de la spital, constată el, uşor preocupat.

— N-am despre ce să vorbesc, răspunse fata, coborând privirea. Nu ştiu nimic despre mine, nu ştiu ce mi s-a întâmplat, pe scurt, nu ştiu despre ce aş putea vorbi. Aşa că mai bine tac, adăugă, privind pe geam.

— Ai dreptate, dar trebuie să treci cumva peste toate astea. Îţi va face bine să vorbeşti, să-

ți descarci sufletul, mai ales dacă există cineva dispus să te asculte. Cu timpul, îți vei aminti totul și atunci te vei liniști.

O strânse încurajator de mână.

— Mulțumesc pentru încurajări, se pare că mereu există ceva pentru care să-ți fiu recunoscătoare, zise ea, zâmbindu-i, iar el îi răspunse cu surâsul acela care o lăsa fără suflare.

— Crede-mă, nu trebuie să te simți obligată să-mi tot mulțumești. Nu asta aștept eu în schimbul faptelor mele. Și nici nu trebuie să mă privești așa, se amuză, văzând cum se sperie. Mă refeream la faptul că și eu îmi doresc să te faci bine.

— Mai avem mult de mers? întrebă fata ea, ca să schimbe subiectul.

— Nu, ajungem imediat.

Ea întoarse din nou capul spre geam. Nu putea să-i tot admire zâmbetul, trupul magnific, sclipirea intensă a ochilor. Nu știa nimic despre el, dar îl aprecia foarte mult datorită felului în care se comportase cu ea și. La urma urmei, era sprijinul și salvatorul ei. Niciodată nu-l va putea răsplăti îndeajuns pentru tot ceea ce făcea pentru ea.

— Capitolul 3 —

Odată ajunşi acasă, Matthew îi deschise uşa şi o invită să intre. În bucătărie o văzu pe sora lui, despre care îi povestise. O sărută pe obraji, iar ea îi răspunde la fel de tandru.

— Ce fată drăguţă ai adus, Matthew! Intră şi ia loc, nu te sfii, o invită blonda drăguţă, venind spre ea. Eu sunt Mariah, se prezentă musafirei, întinzându-i mâna.

— Iar ea e Serena, spuse Matthew, scutind-o pe fată de anumite explicaţii şi făcându-i semn surorii sale să nu insiste cu întrebările.

— Îmi pare bine, Serena, ia loc.

— Şi mie îmi pare bine, rosti fata. Se aşeză pe canapeaua care era la doi paşi de ea. Aveţi o casă foarte frumoasă, adăugă, oarecum stingheră.

— Mulţumesc, fratele meu şi cu mine facem tot posibilul să fie aşa, zise Mariah. Iar tu eşti foarte frumoasă. Vrei să mănânci ceva?

— Dacă se poate da, acceptă Serena.

Observă că Matthew se aşezase lângă ea, ca şi cum n-ar fi fost alte scaune în sufragerie.

— Ce vrei să-ți aduc, un ceai, un suc? o întrebă el.

— Un suc, mulțumesc.

— Una bucată suc vine imediat, glumi el și merse în bucătărie, unde se afla și sora lui.

— Abia aștept să aflu povestea. Nu prea te-am văzut să aduci fete acasă, zise Mariah.

— O vei afla, dar nu acum. Și nu te gândi prea mult la ea, nu e ceea ce pare, zise el, încercând să-și îndrepte spatele încordat.

Avusese o zi grea, dar interesantă.

— Bine, frățioare, cum spui tu, rosti Mariah cu aerul acela atotștiutor de soră mai mare.

Câteva minute mai târziu veniseră amândoi, el, cu sucul, Mariah, cu mâncarea.

— Abia așteptam să ajungi acasă și să mâncăm. Dar acum e și mai bine, fiindcă nu suntem singuri, vorbi Mariah.

— Da... n-am avut timp să te sun, cum fac de obicei. Am avut foarte multă treabă.

Mariah nu avea nici o îndoială că frumoasă brunetă Serena era „treaba" cea mai importantă a lui Matthew. Cu siguranță, fratele ei era azi mai misterios ca niciodată.

— Sper să-ți placă ce-am gătit.

— Îmi place, totul e foarte bun, mulțumesc frumos, rosti Serena.

— Sora mea se pricepe la gătit, zise Matthew, savurând mâncarea.

— Pot să aflu misterul din jurul tău? întrebă la un moment Mariah, curioasă.

— Da. Nu e niciun mister. Matthew m-a găsit pe plajă azi-dimineață și m-a salvat înainte ca marea să mă ia de la mal, explică musafira, încercând să pară cât mai calmă.

Era bine că reușise să mănânce, fiindcă acum îi pierise pofta.

— O, Doamne! Și ești bine acum? exclamă Mariah speriată, observând că Serena se albește la față. Ați fost și la spital?

— Da, am fost, răspunse Matthew, privind-o serios pe sora lui.

— Și e totul în regulă? insistă Mariah, luând-o de mână pe Serena.

— Da, zise Matthew, răsuflând ușurat. Avem doar o mică problemă, însă temporară: are amnezie temporară, așa a spus doctorul.

— Oh, draga de tine! Îți doresc să te faci bine cât mai repede!

— Mulțumesc, același lucru mi-l doresc și eu, vorbi Serena stânjenită, dar și fericită că cineva se preocupa de ea. O simpatizase pe Mariah din prima clipă.

— Și-acum ce se va întâmpla? întrebă Ma-

riah. Ai ei trebuie să fie teribil de îngrijoraţi.

— Voi merge cât de curând la poliţie. În mod sigur apare pe lista persoanelor dispărute şi nu e decât o chestiune de timp până îi va revedea, o lămuri Matthew, simţind că aerul e mai apăsător deodată. Se ridică de la masă şi deschise fereastra.

— Până atunci, Serena va rămâne aici, anunţă el, hotărât.

— Dar bineînţeles! Eşti binevenită aici, drăguţo. O companie feminină mă bucură întotdeauna. Pe Matthew şi Keanu-i văd toată ziua, adăugă Mariah.

Serena observă roşeaţa subită din obrajii ei.

— Vă mulţumesc pentru bunăvoinţa voastră şi vă asigur că vă voi răsplăti eforturile, zise Serena recunoscătoare, iar Mariah o îmbrăţişă.

Când se uită spre fereastră, observă privirea caldă a lui Matthew, care stătea rezemat de perete cu braţele încrucişate. Inima îi bătu iarăşi mai repede decât ar fi trebuit.

— Cu drag, zise Mariah. Nu trebuie să te stresezi, doar să te însănătoşeşti!

— Ok, gata cu îmbrăţişările, trebuie să-i arăt camera fetei, zise Matthew, venind spre ele cu un zâmbet misterios.

— De ce? Eşti gelos, frăţioare? Vrei şi tu

o-mbrăţişare?

Mariah îl strânse în braţe. Serena urmări scena cu încântare. Îi plăcea ceea ce vedea, un frate şi o soră care se iubeau atât de mult. Şi mai erau şi muşchii aceia ai lui Matt, care reflectau atâta forţă... Vocea lui îi întrerupse şirul gândurilor:

— Hai, e timpul să vezi unde vei sta.

Îl urmă pe holul lung care ducea la camera ei. Matthew deschise o uşă şi o invită să intre.

— Intră, sper să te simţi bine aici. Nu e o cameră foarte mare, dar Mariah a decorat-o. Îi place să se ocupe de partea decorativă, zise el, urmărind reacţiile Serenei.

— E grozavă, exclamă ea, încântată că avea vedere spre marea care o speria şi o atrăgea în acelaşi timp.

— Ar trebui să te odihneşti. Dacă ai nevoie de ceva, sunt aici atât eu, cât şi Mariah.

— Mulţumesc. Serios, mulţumesc mult! Înseamnă foarte mult pentru mine tot ajutorul pe care mi-l oferiţi.

— N-ai pentru ce, sirenă frumoasă, zise el zâmbindu-i, apoi se întoarse repede spre uşă. Ne vedem mai târziu. Odihneşte-te, ai nevoie, o sfătui şi plecă imediat, nelăsându-i timp să mai spună ceva.

Cu asta era de acord, chiar avea nevoie de odihnă. Serena se întinse în pat şi rememoră tot ceea ce i se întâmplase în dimineaţa aceea, felul în care el o dusese în braţe pe plajă, în care îi zâmbea şi o privea.

Matthew merse în camera lui şi se întinse în pat, oftând. Ştia că are ceva de făcut şi trebuia să acţioneze înainte să fie prea târziu. Se ridică rapid, îşi luă aparatul foto şi ieşi din cameră. Spera ca sirena să doarmă şi să nu-l surprindă. Intră la ea deschizând uşor uşa şi îi făcu rapid o poză, ca s-o aibă drept amintire, apoi reveni în camera lui şi adormi. Când se trezi, merse în bucătărie. O găsi pe Mariah savurând un ceai de fructe.

— Te-ai trezit, frăţioare? Ai dormit bine? îl întrebă ea, cu un zâmbet plin de subînţelesuri.

— Am să te ignor, doar de data asta.

— Frumoasă fată, Serena. Eşti de acord? insistă Mariah, fără a-l slăbi din priviri.

— Da, însă numai de data asta. Scoase un suc rece din frigider. Beau ăsta şi plec. Am treabă.

Matthew aruncă un ochi pe geam. Abia aştepta să se arunce din nou în valurile mării şi să înoate.

— Îţi place? întrebă Mariah.

— Ce să-mi placă?

— Serena. Îţi place, zise Mariah, pătrunzân-

du-l cu privirea.

— Tu n-ai nicio treabă? ripostă fratele el, ridicându-se rapid de la masă.

— N-ai mai făcut asta cu nici o altă fată.

— N-am mai salvat o sirenă până acum, zise el serios și plecă rapid, lăsând-o pe Mariah cu un zâmbet larg pe chip.

Când ajunse la mare, se întâlni cu Keanu, care îl luă imediat la întrebări:

— Unde e?

— Cine?

— Sirena.

— La mine acasă. Și, înainte să-ți afișezi privirea aia de șmecher, află că e ceva temporar. Doar până îi revine memoria, fiindcă asta e problema ei acum: are amnezie temporară, zise el, dându-și tricoul jos și lăsându-l să cadă pe nisip.

Rămas doar în șort, se aruncă în valuri.

— Stai! Așteaptă-mă și pe mine! strigă Keanu.

Și lui îi plăcea foarte mult să înoate și să simtă valurile care îl atrăgeau ca un magnet. Cei doi înotară în mare, se dădură cu placa de surf vreo jumătate de oră, apoi Matthew veni cu o propunere:

— Hai la mine!

— Vin acum! Abia aștept să le văd pe fetele

tale, râse Keanu.

— Nu sunt fetele mele! Mariah e sora mea, atât.

— Ce păcat, nu? Mi se pare că te-am văzut privind-o pe sirenă cam ciudat, acolo, pe plajă.

— Cred că ți-a intrat nisip în ochi. Și de când vrei tu să o vezi pe Mariah? Vezi ce gânduri ai, nu vrei să mă supăr, nu? râse Matthew.

— Stai, frate, liniștit, nu e ceea ce pare. Știi cât de mult o apreciez și o respect pe Mariah, deveni Keanu serios.

— Asta voiam să aud. Hai să mergem, mi-e o foame de lup.

Odată ajunși acasă, Mariah îi salută și îi spuse fratelui său:

— Am niște haine pregătite pentru Serena, i le duci tu? Eu pregătesc niște ciocolată caldă pentru toți până atunci.

— Ești sigur că vrei doar să-i duci hainele? interveni Keanu, zâmbind cu subînțeles.

Când o pernuță decorativă îi ateriză pe burtă, toți trei începură să râdă. Matthew luă rapid hainele și plecă. Ajuns în fața ușii Serenei, bătu ușor. O voce subțire și somnoroasă îi răspunse, iar el deschise ușa și intră fără zgomot.

— Te-ai trezit?

Prezența lui umplea parcă toată camera, cel

puțin așa i se părea Serenei. Probabil era încă somnoroasă, își spuse.

— Da, răspunse, acoperindu-se mai bine cu pătura. Mulțumesc pentru tot, că mi-ai salvat viața, că m-ai adus aici... Voi încerca să nu deranjez prea mult. Știu că situația mea e neobișnuită și îmi pare rău, dar... e groaznic să nu-mi amintesc nimic. Sper să-mi revin cât mai repede.

— Nu face nimic. Asta mi-e meseria: să salvez oameni. Cât despre cealaltă problemă, ia-o încet, nu te stresa. Sunt convins că, în timp, îți vei recupera memoria. M-a trimis Mariah cu hainele astea pentru tine. Ți le las aici. Matthew lăsă hainele pe un scaun. Dacă vrei, poți să cobori în bucătărie după ce te îmbraci. A venit și Keanu, iar Mariah abia așteaptă să-i guști ciocolata caldă. Pot să spun că e foarte bună, zise el, privind-o cu atenție. Te las acum, sper că te simți bine. Mai târziu, poate mergem să ne plimbăm pe plajă, dacă vrei. Ți-ar prinde bine puțin aer.

— Da, mă simt bine, poate puțin somnoroasă, dar bine. Chiar mi-a prins bine să dorm și voi veni la plimbare.

Îl privi cu admirație la cel care o ajutase cu atâtea lucruri, toate într-o singură zi.

— Bine, te așteptăm jos, atunci, zise el, plecând și închizând ușa.

Serena răsuflă uşurată. Parcă respira mai greu atunci când Matt se afla în preajma ei. Nu se mai sătura să-l privească. Şi în mod sigur avea ce privi. Se schimbă în pantaloni scurţi verzi şi tricou galben, iar părul şi-l lăsă liber. Când se uită în oglindă, fu mulţumită de rezultat. Îşi atinse lănţişorul de la gât şi pandantivul care reprezenta litera K. Spera să desluşească repede misterul care o învăluia.

Peste câteva minute, coborî în bucătărie.

— Arăţi minunat, draga mea. Mariah o îmbrăţişă. Mă bucur că avem aceeaşi măsură la haine.

— Am auzit că ai pregătit ciocolată caldă şi că e foarte bună, rosti Serena zâmbind, conştientă de privirile celor prezenţi, şi în special de una anume.

Sesiză că Keanu-i făcuse cu ochiul lui Matt, iar acesta pufni nervos. Serena luă loc în fotoliu. Ceilalţi stăteau pe canapea. Îi plăcea felul simplu şi cu bun gust în care Mariah decorase locuinţa, care nu era foarte mare. Din loc în loc, sora lui Matthew aşezase plante verzi, înalte, iar lumina se strecura prin ferestrele mari.

Matt veni cu ciocolata caldă şi îi dădu o cană Serenei – mâinile li se atinseră din nou –, apoi îi servi şi pe ceilalţi.

— Cum te simţi, te-ai odihnit? se interesă Mariah.

— Da, mulţumesc, sunt mult mai relaxată acum. Sunteţi foarte generoşi că vă preocupaţi de mine, zâmbi Serena, sorbind cu poftă din ciocolata caldă.

— Noi mergem la o plimbare pe plajă, veniţi şi voi? rosti Matt.

— Nu, eu mai pregătesc ceva de mâncare. Distracţie plăcută, aveţi ce să vedeţi pe plajă, zise Mariah.

— Eu rămân să te ajut, anunţă Keanu, conştient de privirile uimite ale celor doi fraţi.

— Bine atunci, noi mergem, zise Matt.

— Perfect. Ne vedem mai târziu, zise Keanu, aruncându-i o privire jucăuşă lui Matt, care săgetă din ochi.

Matt şi Serena mergeau pe plajă, admirându-i frumuseţea. La un moment dat, Matt o luă de mână. Ea vruse să-şi retragă mâna, dar el îi spuse:

— Poţi să-l consideri un gest de prietenie, zise el, privind-o intens.

Serena resimţea intens efectul lui Matt asupra ei.

— Bine, scuză-mă, nu ştiu ce am. Probabil nu sunt obişnuită, se justifică ea, cu un surâs discret.

33

— E-n ordine, doar să nu-mi spui că ți-e tea-
mă de mine, zise el serios, privind-o cu acei ochi
căprui în care Serena simțea că se putea pierde.

— Nu mi-e teamă de tine, n-aș avea de ce.
Te-ai purtat minunat cu mine și știi că-ți sunt
foarte recunoscătoare. Cred că m-am simțit ciu-
dat pe moment, asta-i tot. Dar un tânăr așa, ca
tine, nu are o prietenă pe care să o țină de mână?
De ce m-ai luat tocmai pe mine?

— Momentan, nu am. Și, cum adică, un tânăr
așa, ca mine?

— Așa... știi tu, nu trebuie să-ți spun eu.
Sunt sigură că ți s-a mai spus, se fâstâci Serena.

— Nu, nu știu, spune-mi tu, cum sunt? insis-
tă Matt, zâmbindu-i amețitor.

— Frumos și altruist, dar știai asta deja.

— Mulțumesc pentru compliment, ai drep-
tate, mi s-a mai spus, dar și tu ești foarte fru-
moasă, zise el dându-i o șuviță după ureche, pri-
vind-o intens și luând-o din nou de mână.

— E superb aici, zise Serena, simțind aerul
puternic al mării și vântul care îi flutura părul.

— Așa e. Deși sunt obișnuit cu peisajul, fi-
indcă am crescut aici, aproape de mare, încă mă
atrage.

Matt se oprind și admiră marea.

— Se vede că ești fascinat de mare, de plajă,

vorbi Serena, privind marea, la rândul ei. Arăți de parcă ai vrea să înoți chiar acum.

— Am înotat mai devreme. Dacă vrei să stai la soare sau să înoți, poți s-o faci oricând, mai ales că noi avem casa aproape de mare.

— Mulțumesc, dar deocamdată nu am curaj să înot. Mă mulțumesc să admir marea de la distanță. E greu să am atâtea întrebări fără răspuns...

— Ai dreptate, dar încearcă să te bucuri de prezent și, cu timpul, lucrurile se vor rezolva de la sine, vei vedea. Dacă vrei, pot să te învăț să înoți, e minunat când simți valurile și simți că ai puterea să le stăpânești.

— Mă mai gândesc, zise ea, așezându-se pe nisip, aproape de apă.

Matt îi urmă exemplul.

— Închide ochii, o rugă, ducând mâna în buzunar. Să nu trișezi!

Nu-și putea lua ochii de la fata aceasta fascinantă.

— I-am închis. Și-acum?

— Poți să-i deschizi. Uite ce am găsit. Îi întinse o scoică deosebită. E pentru tine, dacă o vrei, bineînțeles.

— Cum aș putea refuza? Îți mulțumesc frumos, e splendidă, zise ea zâmbitoare, vizibil în-

cântată, îmbrățișându-l și sărutându-l pe obraji.

— Cu plăcere, mă bucur că îți place și sper să te mai gândești la propunerea mea. Mi-ar plăcea să te învăț să înoți, și eventual, dacă îți place ideea, să-mi devii colegă, să fii salvamar, spuse el, îmbrățișând-o la rândul lui.

Avea sentimentul că acolo era locul ei, chiar dacă abia o cunoscuse în dimineața aceea.

— Mă voi gândi serios la asta. Mulțumesc pentru ofertă, dar crezi că mă voi descurca, iar teama de apă îmi va trece?

— Da. Și eu eram speriat la început. Pe parcurs, m-am obișnuit și apoi mi-a plăcut. Sunt convins că vei reuși, zise el, jucându-se cu apa.

— Tu, speriat? Nu-mi vine să cred, pari atât de sigur pe tine, de curajos...

— Da, chiar am fost, dar am avut voință și am reușit. Dacă îți dorești un lucru cu adevărat, lupți până când îl obții, rosti el și o scrută misterios.

Serena simțea că vorbește cu subînțeles.

— Dacă e să fiu sincer, relu Matt, și acum am momente de teamă, mai ales când vreau să salvez pe cineva de la înec. Dar mă bucur imens când reușesc.

— Ai avut și momente când ai eșuat?

— Da, o dată, dar nu vreau să vorbesc despre asta.

— Putem merge acasă? îl întrebă, simțind tensiunea din aer.

— Da, sigur, hai să mergem.

Era seară, iar ei doi mergeau ținându-se de mână, spre casă.

— Ce frumos strălucesc stelele, remarcă Serena fascinată, dar când îi întâlni ochii lui Matt, i se păru că ei strălucesc mai intens.

— Așa e, și mai e și lună plină în seara asta, zise el, cu glasul ușor răgușit.

Deschise ușa, făcându-i semn fetei să intre.

— Am crezut că v-ați rătăcit, îi întâmpină Keanu, râzând cu poftă când Matt îl privi fulgerător.

— Nu e posibil să ne rătăcim într-un loc pe care Matt îl cunoaște foarte bine, vorbi Serena.

— Nu-l băga în seamă, glumește. Hai să mâncăm, zise și Mariah, îmbrățișând-o pe tânăra îmbujorată. Ești puțin rece. Matt, de ce nu i-ai dat o cămașă sau altceva, să nu-i fie frig?

— Nu mi-a zis că îi e rece, se apără Matt, în timp ce se așeza la masă.

— Mi-e bine, serios, îi asigură Serena, zâmbind și luând loc la masă, urmată de Mariah și Keanu.

— Vouă cum v-a trecut timpul? se interesă Matt.

— Foarte plăcut, îi răspunse Keanu. Ce-i? adăugă, amuzat de privirea lui Matt. E foarte plăcut s-o ajut pe sora ta la prepararea mâncării. Datorită mie, veți mânca ceva delicios.

— Poftă bună, zise Mariah.

Începură cu toții să mănânce.

— Vreau să vă mulțumesc din nou pentru tot și promit să am voință, rosti Serena, privind zâmbitoare către Matt, care îi întoarse zâmbetul, și să învăț să înot. Matt s-a oferit să mă învețe.

— Cred și eu că s-a oferit, interveni Keanu.

Matt îi trase o lovitură ușoară peste umăr, iar fetele izbucniră în râs.

— Mă bucur, nu puteai găsi un profesor mai bun, vorbi Mariah.

— Ba da, pe mine, zise Keanu, iar în cameră se auziseră din nou râsete. Bine, atunci, mă voi limita să predau înotul fetelor de pe plajă.

Mariah înghiți rapid puțină apă, dar schimbarea de pe chipul ei nu trecu neobservată de Serena.

— Îți place aici? o întrebă Keanu pe Serena.

— Da.

— Aici, în Savannah, sau în casa lui Matt? insistă el.

— Aici, în general, răspunse ea, încercând să fie amabilă.

Simțise capcana și nu era dispusă să cadă în ea.

— Ar fi păcat să descoperi, zilele astea, că ai vreun iubit, cine știe, poate undeva, departe. Orașul ar pierde o sirenă frumoasă, adăugă Keanu, sesizând chipul încordat al lui Matt.

— Sunt convinsă că acel costum a fost o întâmplare, dar, într-o zi, voi descifra misterul, vorbi Serena, serioasă. În schimb, abia aștept să mă iau la întrecere cu voi prin apă.

Încheiară seara cu câteva jocuri.

— Eu trebuie să plec, mâine sunt pe plajă din nou, iar tu vei fi iarăși în tură cu mine, spuse Keanu, făcându-i cu ochiul surorii lui Matt, care se ridică de pe canapea și îi arătă ușa. Ne vedem mâine! le ură el tuturor, iar către Mariah trimise o bezea pe care ea o ignorase.

— Keanu, vezi cum și cu cine vorbești, îl avertiză Matt pe un ton grav, deși îi înflori un zâmbet în colțul buzelor.

— Matt, sunt destul de mare ca să spun ceva dacă am ceva de spus, replică prietenul său, încruntându-se la el, dar nu pentru multă vreme.

Serena merse spre camera ei, urmată de Matt, după ce fetele își spuseră noapte bună. Se-

rena se opri în dreptul uşii.

— Noapte bună, Matt! Îţi mulţumesc pentru ziua asta frumoasă.

— Noapte bună, sirenă frumoasă. Dacă ai nevoie de ceva, sunt chiar aici, zise el, arătându-i uşa de la camera sa, aflată vizavi de a ei.

Îi mângâie uşor obrazul, apoi îi dădu un sărut aproape de buze, atât cât să-i răscolească simţurile tinerei care tremura. Plecă rapid în camera lui, lăsând-o fără replică şi dornică să respire cât mai mult aer, căci în ultimele secunde i se tăiase răsuflarea.

Serena intră rapid în camera ei, închise uşa şi se lipi cu spatele de ea, rămânând aşa câteva secunde. Tresări când auzi bătăi uşoare în uşă.

— Pot să intru? zise vocea atât de masculină a lui Matt. Trebuie să fac un duş şi am observat o defecţiune la baia din camera mea. Promit că nu durează mult, nici n-ai să simţi că am fost prin cameră, spuse el, cu o voce inocentă.

Cum să nu? Sigur că nu-mi voi da seama, doar eşti invizibil.

— Da, intră.

Se îndreptă spre pat, după care îşi turnă apă în paharul de pe măsuţă, încercând să ignore faptul că el era din nou fără tricou şi inima ei bătea nebuneşte.

— Mulţumesc. Ies imediat. Eşti bine? o întrebă preocupat, apropiindu-se de ea.

— Da, de ce? zise ea serioasă, privindu-l şi simţind un nod în gât.

Nu-i venea să creadă cât de atrăgător era. Mai văzuse băieţi pe plajă atunci când se plimbaseră împreună, dar nici unul nu se compara cu el. Nici unul nu avea privirea, zâmbetul, corpul său... Trebuia să-şi revină, nu putea să se tot uite aşa la el, iar el nu putea să o tot privească aşa...

— Pari să nu fi în apele tale, ca să zic aşa, vorbi el zâmbind, în timp ce ţinea prosopul în mână.

— Sunt bine, trebuie doar să mă odihnesc. A fost o zi plină.

Plină de tine...

— Şi vor veni altele, la fel de pline. Voi avea grijă de tine şi îţi vei reveni, vei vedea, mai spuse el venind spre ea, atingându-i uşor braţul şi privind-o cu ochii săi cuceritori.

Nu vorbi aşa, nu rosti cuvinte cu două înţelesuri, cine ştie ce şi cine mă aşteaptă atunci când îmi voi reveni....

— Mulţumesc...

Se îndepărtă de el. I se păru că lui i se întunecă din nou privirea, dar nu avu puterea să se verifice.

41

— Mă duc acum, zise el şi intră grăbit baie.
Când ieşi, îi spuse:

— Noapte bună şi, ştii deja, dacă ai nevoie de ceva...

O ameţi cu zâmbetul său dulce.

— Noapte bună! Ştiu...

Zâmbi la rândul ei. Îl urmări cum pleacă, după care se întinse în pat, aşteptând ca somnul să o învăluie.

În camera lui, Matt aştepta acelaşi lucru. Avusese o zi plină, dar foarte interesantă, iar asta îl punea pe gânduri mai mult decât ar fi crezut.

Capitolul 4

În ziua următoare, după un mic dejun copios, Matt merse cu Serena pe plajă pentru prima lecţie de înot. Acolo se întâlniră şi cu Mariah şi Keanu, care supravegheau plaja.

La un moment dat, Mariah observă o fetiţă care se apropia prea mult de apă. Merse la ea să o atenţioneze şi să o ducă înapoi la mamei ei, care îi zâmbi recunoscătoare.

Într-o parte mai retrasă a plajei, Serena îşi scoase rochiţa albă, rămânând într-un costum de baie roşu din două piese. Era bucuroasă că Matthew se întoarse cu spatele, conştient de privirea ei pierdută.

Când întoarse din nou capul spre ea, Matt îi studie frumuseţea. Timpul se oprise în loc pentru câteva secunde. Pentru amândoi, fiindcă şi ea simţea acelaşi lucru sub privirea lui cercetătoare, dar nu insolentă, ca a altor băieţi de pe plajă. Matt îi arătă Serenei mişcările de bază pentru înot, iar ea încercă să se conformeze.

— Pentru cineva care abia acum învaţă să înoate, începi să te descurci, bravo! o încurajă, sprijinind-o în timp ce ea înota pe spate.

Mâinile lui îi provocau fiori când îi atingeau pielea, dar nu fiori de teamă. Nu-şi putea explica cum de simţea atâta siguranţă în preajma lui. Îl cunoscuse abia cu o zi în urmă, şi totuşi o făcuse să aibă încredere în el. Probabil faptul că îi salvase viaţa şi o scosese din ghearele mării contribuise la afecţiunea pe care o avea pentru el, îşi spunea fata în timp ce îşi mişca mâinile şi picioarele în apă.

— Serena, mă auzi? zise Matt, luând-o în braţe şi cuprinzându-i chipul în mâini, preocupat.

— Da, scuze, răspunse ea, roşie la faţă, simţindu-l atât de aproape de ea.

— Păreai pierdută în gânduri.

O ţinea în continuare lipită de el şi o privea cu drag.

— Sunt bine, să continuăm.

Se desprinse uşor din braţele lui, deşi o parte din ea ar fi rămas acolo.

— Sigur nu vrei să facem o pauză? Îi propuse, trecându-şi mâna prin păr, iar ea constată pentru a mia oară cât de frumos şi adorabil era.

— Sigur. Hai, la treabă, domnule salvamar, zise ea râzând cu poftă, iar el o stropise cu apă, râzând la rândul său.

În turnul salvamarilor, Keanu supraveghea

plaja prin binoclu. Mariah făcea acelaşi lucru.

— Vezi ce văd şi eu? o întrebă.

— Da.

Buzele lui Mariah se arcuiră într-un surâs de încântare.

— Matt al nostru e pierdut, îţi spun eu. Am observat cum se uită la ea din prima clipă când a văzut-o întinsă pe plajă, în costumul ăla de sirenă. Arată bine fata, zise Keanu, cu o voce uşor răguşită.

— Ai dreptate, dar abia a cunoscut-o. În plus, mai e şi problema ei, dar sper ca totul să se încheie cu bine. Fratele meu merită să fie fericit. În ce te priveşte, la tine toate arată bine, zise Mariah.

Se uită la el atentă, dar cu o ciudată strângere de inimă.

— Nu toate, te asigur de asta. Chiar şi ţie îţi stă bine atunci când zâmbeşti, o tachină Keanu, împingându-se uşor în umărul ei.

— Dacă nu te-aş cunoaşte de atâta timp... Păstrează-ţi replicile pentru cuceririle tale, replică Mariah, aruncându-i o privire ironică, deşi inima i-o luase la goană.

Nu suporta să i se întâmpla asta, să se simtă aşa în preajma lui, mai ales că ştia cu cine are de-a face. Totuşi...sentimentele pe care le avea

pentru el încă din adolescenţă erau acolo şi, ori-cât luptase cu ele, nu reuşise să le alunge. Keanu continuă flirtul:

— De când ne ştim noi, colega?

— Din copilărie, ce întrebare e asta? se miră Mariah, pierzându-se în ochii lui.

Nu ştia unde voia să ajungă cu toate acele întrebări.

— Mă gândeam aşa, că, de când te cunosc, nu te-am văzut în compania vreunui băiat.

O făcu să roşească.

— Înseamnă că ai uitat perioada în care ai fost plecat la studii, zise Mariah, găsind o replică salvatoare.

— Şi, spune-mi, au fost mulţi cei care au în-drăznit să se apropie de tine, cu un tată atât de protector şi un frate care ar ucide pe oricine te-ar supăra?

— Ţi s-a spus vreodată că eşti prea curios?

Uneori, Keanu o citea ca pe o carte deschisă.

— Spune-mi, îţi mai aduci aminte uneori de sărutul pe care ţi l-am dat când ai împlinit 17 ani? Era chiar înainte să plec la studii, bine că nu ne-a prins tatăl sau fratele tău, zise el, privind-o misterios, în timp ce strângea cu putere balus-trada de lemn.

Mariah întoarse capul spre mare. Nu-l putea privi în ochi.

— Eh, amintiri de adolescenți, zise ea cu un glas voit nepăsător, închizând ochii.

Nu-și putea însă opri bătăile rapide ale inimii, pentru că își amintea, ca și cum ar fi sărutat-o cu un minut în urmă, ce emoții îi stârnise. Timp de cinci minute fusese cea mai fericită tânără din lume, fiindcă prințul viselor ei o sărutase pe ea, doar pe ea. Până când basmul se terminase și auzise vocea tatălui său, care o striga, iar ea fugise din brațele lui Keanu.

Chiar și acum, după câțiva ani, tot era prea mult pentru ea să-și amintească. Fusese primul și singurul băiat care o sărutase. În zadar încercaseră alți băieți, de-a lungul anilor, să se apropie de ea, să o cucerească. În inima ei nu exista decât el, băiatul pe care îl cunoștea de o viață. Sperase mereu că el se va întoarce și îi va cere să fie doar a lui, dar de un an, de când revenise în Savannah, nu făcuse altceva decât să atragă femeile și să-și construiască un renume de aventurier. Ea nu-i trebuia așa ceva. Nu voia să fie doar un alt nume pe lista lui. N-ar fi suportat, așa că tot ce putea face era să-i suporte tachinările și să păstreze distanța față de el. Îi era, totuși, recunoscătoare că nu venise niciodată în casa lor cu vreo femeie.

— Ştii, am putea face ceva în privinţa asta, zise Keanu, luând-o în braţe ca şi când ar fi fost ceva obişnuit pentru ei şi privind-o cu dorinţă.

— Da, ai putea face ceva: ai putea căuta o nouă aventură, care să fie dispusă să-ţi asculte minciunile, îi zise ea tăios, în timp ce îi îndepărta mâinile de pe talia ei, deşi doar ea ştia cât o înfiora să-l simtă aproape.

— Asta şi fac, zise Keanu mângâindu-i obrazul, iar ea îşi simţi inima sfărâmată.

— Ai greşit persoana.

Îl îndepărtă şi-i întoarse spatele.

— Dacă ţi-ai asculta corpul, ai ştii că şi tu vrei acelaşi lucru, îi mai spuse, el înainte ca ea să se îndrepte încet, dar sigur, spre plajă.

Nu voia s-o vadă plângând. Nu voia să fie doar o altă aventură pentru el, iar apoi, când se sătura de ea, s-o alunge, ca pe celelalte.

Nu ştia că privise lung în urma ei şi oftase, apoi începu să cerceteze din nou plaja cu atenţie.

Lecţia de înot a Serenei dură cam jumătate de oră. După aceea, Matt şi ea merseră acasă şi pregătiseră ceva de mâncare pentru când avea să sosească şi Mariah.

— Chiar te pricepi la mâncare, Mariah te-a învăţat? îl întrebă Serena pe un ton admirativ.

— Mulţumesc. Da, ea m-a învăţat, dar am

pregătit şi singur câteva reţete originale. Gustă!
Îi întinse furculiţa cu paste.

— Mmm, delicioase, conchise ea, conştientă
de gestul lui atât de intim.

Nu înţelegea cum de o privire putea fi atât
de intensă.

— Ce spui, o aşteptăm şi pe Mariah sau înce-
pem înaintea ei?

— Ar fi frumos din partea noastră s-o aştep-
tăm. Şi ar trebui să iei un tricou pe tine.

Serena clipi des, sperând ca el să nu intuias-
că ce simţea când îl vedea aşa, la bustul gol.

— De ce? Sunt chiar atât de urât? se prefăcu
Matt întristat, în timp ce se apropia de ea.

— Nu asta am vrut să spun, dar aşa ştiu că
trebuie să mănânci, adică îmbrăcat, decent, zise
fata, încercând să pară sigură pe ea.

Deja respira mai greu, fiindcă stătea lângă
ea.

— Deci îţi place ce vezi.

O mângâie pe obraz.

— Sigur că eşti un bărbat care arată bine,
dar nu despre asta e vorba acum.

Îi simţea mâinile în jurul taliei, iar asta o ne-
liniştea.

— Am nevoie... spuse el, blând.

— De ce anume?

49

— De farfurii!

O dădu uşor la o parte din faţa dulapului, dar nu o lăsă din braţe.

— Bineînţeles, zise ea, zâmbind.

— Şi de asta.

Îi opri vorbele cu buzele lui, care o cuprinseră într-un sărut dulce, cald, răscolitor. Cu o mână o ţinea strâns lipită de el, iar cu cealaltă îi mângâia obrazul cu tandreţe. Când îi dădu drumul, ea îl privi uimită.

— Ar fi bine să nu mai faci chestia asta, îi spuse, neştiind cum să reacţioneze.

— Chestia asta se numeşte sărut, zise el, privind-o cu dorinţă.

— Da, dar ştii care e situaţia mea... Nu pot să fac asta... Cel puţin până nu aflu adevărul despre mine.

Serena desprinse cu multă voinţă din braţele lui şi se aşeză pe scaun.

— Dar acum nu e vorba despre asta, ci despre ceea ce ne dorim în momentul ăsta, replică Matt, aşezându-se la masă, lângă ea.

— Aş putea fi o căsătorită. O persoană groaznică. O infractoare, sau cine ştie, o femeie uşoară, n-ai de unde să ştii. Şi atunci? se întristă ea. Nu prea am avut timp să mă gândesc la toate astea. Tu şi sora ta v-aţi ocupat să-mi umpleţi timpul,

dar sunt lucruri reale şi nu le pot ignora.

— Nu mai fi atât de agitată, nu-ţi face bine.

Matt o luă de mână.

— Cum poţi să reacţionezi atât de nepăsă-tor?

— Fiindcă sunt sigur că nu poţi fi inclusă în nici una din categoriile pe care le-ai enumerat mai devreme, zise el, zâmbind.

— Nu poţi fi sigur.

— Mă rog, în cele mai multe dintre ele. Dacă erai căsătorită, aveai verighetă.

— Poate s-a pierdut, cine ştie? Oricum, nu mai vreau să vorbim despre asta. Hai să fim ca şi până acum.

— Adică?

— Adică nişte prieteni buni. Serios, te apre-ciez foarte mult, dar, deocamdată, am multe lu-cruri la care să mă gândesc. Apropo, ai fost la poliţie să te interesezi dacă apar pe lista persoa-nelor dispărute?

— Nu, n-am avut timp, zise el, cu o privire vinovată. Dar voi merge azi, mai târziu, adăugă el, fără tragere de inimă.

Nici el nu ştia ce se întâmplă. În alte situaţii, ar fi reacţionat mai rapid, dar ăsta se pare că era un caz special...

— Bine, atunci vin şi eu cu tine, rosti Serena,

pe un ton hotărât.

— Crezi că e o idee bună? Adică să nu fie ceva care să te întristeze și mai mult.

— Nimic nu mă întristează mai mult decât situația în care mă aflu acum.

— Te înțeleg, și fie, facem cum vrei tu. Dar, dacă te răzgândești, știi deja... sunt aici, lângă tine.

Îi oferi zâmbetul lui seducător.

— Da, știu, dar probabil sunt atâtea fete care așteaptă să fii lângă ele, spuse ea, zâmbind la rândul ei.

— Da, dar poate nu mă interesează.

O mângâie pe mâna, făcând ca inima Serenei să bată tot mai repede. Auziră ușa de la intrare și glasul surorii lui, care îi trezi din visare.

— Bună, frumoșilor, ați mâncat deja? Mi-e o foame de lup, așa că abia aștept să mănânc, zise ea zâmbind, dar Matt și Serena observaseră că nici ea nu prea era în apele ei.

— Nu, n-am mâncat, te-am așteptat.

Matt se ridică și, invitându-și sora să ia loc, le servi el pe fete, spre încântarea lor.

— Unde e Keanu? întrebă Serena, observând cum chipul surorii lui Matt prinde culoare.

— Nu știu, nu-i țin socoteala. În plus, nu e abonat aici, să trebuiască să ne onoreze cu pre-

zenţa chiar tot timpul.

— Te-a supărat cu ceva? se interesă Matt, protector.

Chiar dacă îl cunoştea pe Keanu de când erau mici, n-ar fi suportat s-o necăjească pe sora lui.

— Nu. Un astfel de exemplar oricum nu trebuie luat în seamă, decise Mariah, făcându-i pe amândoi să ridice ochii spre ea. Putem să mâncăm acum?

— Da, poftă bună, ziseră Matt şi Serena deodată.

— Doar nu credeaţi că veţi mânca fără mine, răsună vocea lui Keanu în toată casa.

— Cred că sunt pe cale să-mi pierd pofta de mâncare, rosti Mariah, privindu-l încruntată. Simţea că e pe cale să nu-l mai suporte. Apărea peste tot unde era ea, parcă în ciuda ei, vrând parcă să-i spună că e acolo, că ea poate fi noua lui cucerire, dar că nu i va dărui dragostea lui niciodată.

— Lasă, drăguţo, nu mai fi atât de sensibilă, sunt sigur că poţi să supravieţuieşti, zise Keanu, sărutând-o rapid pe obraz.

— Dacă mai faci asta chiar şi o singură dată, te vei alege cu o bătaie zdravănă!

Mariah abia mai respira. Colac peste pupă-

ză, Keanu se aşeză lângă ea.

— De la cine, de la tine? N-ai tu muşchii ăia care să mă învingă pe mine, râse el, servindu-se cu o porţie de mâncare.

Matt şi Serena parcă priveau un spectacol. Ar fi râs, dacă atmosfera n-ar fi fost atât de tensionată.

— Ca să ne mai antrenăm muşchii, ce spuneţi de un volei pe plajă? propuse Matt, privindu-i atent mai ales pe Mariah şi pe Keanu.

Îi mai văzuse tachinându-se, dar niciodată ca acum. Parcă săreau scântei din fiecare gest, din fiecare cuvânt al lor.

— De acord, acceptă Keanu. Cine joacă cu mine? Mariah, ce spui?

— Nu joc cu tine nici temporar, răspunse ea, înţepată, dar el sesiză că vorbeşte cu subînţeles.

— Mă răneşti, dulceaţă.

— Se pare că vom fi noi doi împotriva fetele, interveni Matt.

— Dacă asta e voinţa destinului, fie! zise Keanu teatral, iar Serena şi Matt izbucniră în râs. Mariah nu râse, ci plecă după minge.

Urmă apoi un meci de volei intens. Echipele erau la egalitate, când Mariah făcu punctul câştigător.

— Bravo! îi strigă Serena, îmbrățișând-o bucuroasă.

— Felicitări, fetelor! le zise Matt, îmbrățișându-le rapid pe amândouă.

— Felicitări! le zise și Keanu, care o îmbrățișă rapid pe Serena.

— Pe mine nu trebuie, zise Mariah preventiv.

— Ce nu trebuie?

— Să mă îmbrățișezi, zise ea, fulgerându-l cu privirea.

— E doar un gest amical, nu trebuie să fi atât de țâfnoasă, îi zise el luând-o în brațe pe neașteptate și dându-i fiori, căci corpurile lor erau lipite, iar inimile le băteau mai repede.

Mariah îi evită privirea cât dură îmbrățișarea, dar la un moment dat el îi luă chipul în palmă și o sărută pe obraz. Atunci îi simți răsuflarea fierbinte și dorința de mai mult, dar îl împinse și fugi spre apă. Nu-l putea suporta aproape de ea. Nu când știa că o dorea doar fizic. Se întinse pe nisipul fierbinte și inspiră adânc, sperând să se calmeze.

— Ce s-a întâmplat? întrebă Matt.

— Nimic, doar ai văzut și tu, răspunse Keanu inocent, privind atent în direcția în care se duse Mariah.

Ar fi dat ... nici el nu ştia ce, dar ar fi dat ceva ca să afle gândurile femeii care acum stătea atât de ispititor întinsă pe nisip.

— E cazul să avem o discuţie? se încruntă Matt.

— Nu, amice, nu e cazul să avem nicio discuţie, zise Keanu devenind serios dintr-o dată. Mai bine am mai juca un meci de volei, ce spui? făcând cu ochiul spre Serena şi savurând reacţia de încruntare a amicului său.

— Nu pot. Merg la poliţie să văd ce informaţii au despre ea, îl informă Matt.

— Ok. Atunci ne vedem mai târziu, zise el, lovindu-l uşor pe umăr.

— Bine, amice. Am plecat, zise Matt, plecând spre casă cu Serena.

Matt merse lângă Serena cu un aer uşor absent. Nu o mai luă de mână, deşi o parte din ea şi-ar fi dorit-o. Odată ajunşi acasă, Matt deschise uşa şi o lăsă pe ea să intre prima, ca de obicei.

— Eu trebuie să fac un duş înainte să mergem. Vin să te chem când sunt gata, o anunţă.

— Bine, şi eu voi face acelaşi lucru.

*

— Ce face frumoasa adormită? întrebă Keanu, întinzându-se pe nisip lângă Mariah şi atingându-şi umărul de al ei.

— Iarăşi tu? se indignă Mariah.

— Da, iar eu. Te deranjez? Visai la vreun prinţ?

— De fapt, da. De ce nu? zise ea,încruntându-se când el o luă de mână.

— Ce-i? Suntem doi prieteni care se ţin de mână, zise Keanu, privind-o inocent.

— Aş prefera să nu mai faci asta.

O enerva inima ei, care o trăda mereu când venea vorba de el, bătând mai puternic.

— Dar asta?

O sărută iute pe obraz.

— Nici asta. Nu văd ce rost are. Sunt atâtea femei dispuse să-ţi satisfacă capriciile de băiat răsfăţat şi cuceritor, de ce mai pierzi timpul aici?

— E treaba mea unde şi cu cine pierd timpul. E al meu şi fac ce vreau cu el, zise el încruntat, dar ţinând-o în continuare de mână.

Mariah observă că muşchii maxilarului lui Keanu tresăreau întruna.

— Şi atunci ce cauţi aici, lângă mine? Serios, Keanu, cred că merit mai mult respect din partea ta. Nu sunt vreuna din femeile alea pe care le ameţeşti, credeam că ştii asta, mai ales că ne

57

cunoaştem de atâta timp.

Se ridică puţin şi se încruntă din nou când vru să-şi elibereze mâna dintr-a lui, iar el nu o lăsă.

— Încurci lucrurile. Tu nu eşti orice femeie. Pe tine n-aş putea să nu te respect, zise Keanu mai serios ca oricând, accentuând fiecare vorbă.

Nu-l mai văzuse aşa până atunci. Ridică din sprânceană.

— Ştii, n-ar trebui să-ţi consumi strategia de cuceritor cu mine. E în zadar, te cunosc mai bine de-atât, zise Mariah, cu un surâs trist.

Inima îi bătea cu putere din nou, mai ales că el o mângâia pe mână.

— Cu tine, Mariah, nu am nici o strategie. Cu tine sunt eu, cel real, şi am să ţi-o dovedesc. Şi eu te cunosc pe tine, fii sigură de asta.

Îi atinse tandru buzele cu degetul mare. Mariah încercă să se retragă, dar Keanu o trase spre el şi o sărută uşor, dar cu o foame nestăvilită. Ea îl respinse la început, apoi se lăsă pradă sărutului său răscolitor, pe care o parte din ea îl voia, îl voise dintotdeauna. Mângâierile lui lăsau dâre fierbinţi pe talia ei, iar când el coborî cu sărutul de-a lungul gâtului ei, îl savură o clipă, dar reveni rapid la realitate.

— Nu! Nu-mi face asta! N-ai nici un drept să

te porţi aşa cu mine!

Mariah se ridică în picioare şi vru să plece, dar el fu mai rapid şi o opri, luând-o din nou în braţe.

— Dar nu-ţi fac nimic, dulceaţo. Eu ştiu cum reacţionează corpul tău atunci când te sărut.

E la fel ca atunci când te-am sărutat prima dată. Eu am fost primul băiat care te-a sărutat, aşa e? îi şopti el la ureche.

— Of! Eşti imposibil! Nu ştii nimic despre mine şi nu sunt obligată să-ţi spun nimic. Nu e treaba ta, înţelegi? Nu ştii nimic, fiindcă nu m-ai avut niciodată!

— Dar mi-aş fi dorit, rosti Keanu fără întârziere, făcând-o pe Mariah să înghită în sec.

— Ce-ai spus?! Nu cred, spuse Mariah cu un glas stins, năucită.

— Ba să crezi. Chiar vrei să ştii adevărul? Da, te-am dorit dintotdeauna, dar nu mă puteam atinge de tine. Aveai un tată excesiv de protector. În plus, erai sora prietenului meu celui mai bun. Dar, crede-mă, te-am dorit în fiecare noapte, încă de când am ştiut ce înseamnă treaba asta, iar când eram cu vreo femeie, îmi imaginam că sunt cu tine, că te ating pe tine, că fac dragoste cu tine. Poţi să înţelegi asta? zise Keanu vizibil răscolit, aşezându-se pe nisip.

— O, Keanu!

Atât reuși să spună Mariah. Îl privi cu ochi mari, lăsându-se și ea pe nisip. Era prea șocată ca să mai vorbească. Realiza doar că îi spusese ceea ce își dorise să audă de la el de când se știa.

— Ce mai ai de zis acum? întrebă el, cu privirea pierdută.

— Eu...

— Știu că e ciudat, prea dintr-o dată, dar mi-a trebuit mult curaj ca să-ți spun asta, crede-mă.

— Și acum ce facem? zise Mariah, încă în stare de șoc.

— E simplu. Recunoști că și tu mă vrei, fiindcă știu că așa e, totul la tine îmi spune asta, în afară de buzele tale, și facem ce fac doi oameni maturi în privința asta.

— Ceea ce crezi tu despre situația asta nu se potrivește cu ceea ce aștept eu de la un bărbat. Nu sunt femeia potrivită pentru o aventură, zise Mariah, simțindu-se eliberată.

În sfârșit vorbea cu el despre lucrurile acestea și avea curajul să-l privească în ochi. Știa că acum e momentul, acum sau niciodată. Fu surprinsă să-i observe privirea încruntată și o trecură fiori când o luă de mână:

— Cum ai înțeles că ai fi doar o aventură

pentru mine? Chiar atât de rău ai fost tratată de către bărbați, de ai părerea asta groaznică despre mine? Chiar nu realizezi cât de mult însemni pentru mine și că nu te compar cu niciuna dintre femeile cu care am fost?

— Ascultă-mă bine Keanu, căci nu-ți voi spune decât o singură dată: dacă vrei să fii cu mine și ești sincer, e foarte bine, dar dacă doar mi se pare că te joci cu mine, nu vei mai avea ce căuta în casa asta nici măcar ca prieten al lui Matt. Prin urmare, atât timp cât ești cu mine, ești doar cu mine, zise Mariah, hotărâtă.

Inima îi bătea cu putere, nu știa dacă un seducător ca el îi va accepta condițiile, dar trebuia să încerce. Nu voia să regrete tot restul vieții ei că nu încercase, că nu-și dăduse o șansă să fie fericită cu cel după care inima ei tânjise dintotdeauna.

Se încruntă când văzuse că el zâmbește, nu voia să creadă că se distrează pe seama ei.

— N-am fost niciodată atât de sincer ca acum, dulceațo, îi șopti Keanu la ureche, lipind-o de el. Sunt de acord cu ceea ce ai spus. Nu sunt omul care să facă promisiuni, dar voi lăsa faptele să vorbească în locul meu.

O sărută pe obraz, apoi îi dădu un sărut blând pe gât, savurând reacția ei de plăcere, fi-

indcă ea oftă uşor. Profită de ocazia de a fi aproape de ea şi urcă cu sărutările către buzele ei, pe care le sărută blând, dulce, îndelung. Ar fi vrut să nu se mai dezlipească de ea, dar ştia că pentru moment trebuie să se mulţumească cu atât.

— Să nu te joci cu mine, Keanu, te rog. Nu merit asta, zise Mariah emoţionată, simţind încă gustul buzelor lui.

Nu-i venea să creadă că toate astea chiar se întâmplă, că băiatul visurilor ei o ţine în braţe, o sărută şi o priveşte pierdut, ca şi când ea ar fi cel mai important lucru din lume.

— N-aş face asta, eşti prea importantă pentru mine, dulceaţo

Keanu savura senzaţia de a fi singur cu ea, în acel colţ de plajă mai retras. Mariah tăcu, savurând, la rândul său, magia momentului. Nu voia să-şi facă iluzii prea mari, ci să se bucure de ceea ce trăia alături de el, de prezent. Atât. Senzaţia pe care o avea stând în braţele lui era una pe care ar fi păstrat-o la nesfârşit. O făcea fericită, aşa cum se visase dintotdeauna.

Keanu o sărută pe frunte, zâmbind când îi văzu mirarea din ochi. Apoi plecară spre casă, fiindcă Mariah voia să facă o prăjitură, iar el urma să o ajute, pentru a fi gata până se întorceau Matt şi Serena.

*

La secţia de poliţie, Matt şi Serena ascultau cu atenţie ceea ce le spunea poliţistul Ryan Moore:

— Apare pe lista persoanelor dispărute. Logodnicul ei, Kyle Maxwell, i-a anunţat dispariţia acum două zile. Cum de n-ai venit mai devreme cu ea aici, să anunţi că ai găsit-o?

— Am fost ocupat, răspunse Matt pe un ton serios.

Cuvântul acela, „logodnic", răsuna ca un ecou în mintea Serenei, poate nu unul tocmai plăcut, având în vedere ultimele întâmplări, dar cel puţin aflase ceva despre ea.

— Tu îi spui Serena, dar de acum poţi să-i spui Kay Rhymes, aşa o cheamă, zise Ray, citind informaţiile din dosarul pe care îl avea în mână.

Kay şi Matt se priviră neştiind cum să reacţioneze, dar în ochii lui Kay se citea bucuria că aflase lucruri esenţiale despre ea.

— Vă las cinci minute. Mă duc în birou, să anunţ că ai fost găsită. Ai tăi sunt sigur foarte îngrijoraţi, spuse Ryan, neobservând stările contradictorii prin care treceau cei doi tineri.

— Mă bucur că te cunosc, Kay Rhymes şi că,

în sfârşit, vei fi aproape de familia şi de logodnicul tău, rosti Matt total cu o voce total lipsită de entuziasm.

— Şi eu mă bucur că am aflat nişte lucruri importante, dar ţin să-ţi spun că vă voi fi mereu recunoscătoare, ţie şi surorii tale, că aţi avut grijă de mine. Sincer, nu pot să vă mulţumesc îndeajuns, zise ea zâmbindu-i, cu mâna într-a lui.

— Cu plăcere şi chiar nu e nevoie de atâtea mulţumiri, nu suntem nişte eroi, zise Matt râzând, dar ochii îi erau trişti, iar ai lui Kay, la fel.

Fură întrerupţi de Ryan, care se întoarse.

— Am vorbit cu familia ei. Mâine vor veni aici, în Savannah, după ea. Îţi transmit mulţumiri, Matt.

— Cu plăcere, zise el, trecându-şi mâna prin păr.

— Să înţeleg că eşti de acord să o mai găzduieşti pe Kay până mâine? întrebă Ryan, privindu-i cu atenţie.

— Sigur că da.

— Atunci puteţi pleca. O zi bună!

— La revedere, domnule poliţist, şi vă mulţumesc! zise Kay, recunoscătoare.

Odată ajunşi acasă, Matt şi Serena îi găsiră pe Keanu şi Mariah gustând prăjitura pe care o făcuseră.

— Mâncaţi prăjitură fără noi? zise Matt amuzat, observând că Keanu o ţine în braţe pe sora lui, iar ea avea mai multă culoare în obraji decât de obicei.

— Sunteţi invitaţi să gustaţi şi voi, zise Mariah zâmbind, sperând ca reacţia lui Matt la aflarea veştii că ea şi Keanu sunt împreună nu va fi una de dezaprobare.

S-ar fi simţit mult mai bine dacă el ar fi de acord cu hotărârea ei. Matt fusese cel care o apărase mereu de reacţiile dure şi exagerate ale tatălui lor, iar între ei se formase o legătură specială, chiar dacă erau fraţi. Se înţelegeau foarte bine, iar asta o bucura. Tăie din prăjitură câte două felii şi le puse pe farfurioare.

— Ar trebui să aflăm ceva anume, ce bănuiam oricum? zâmbi Matt.

— Da, în sfârşit sora ta a acceptat să fie iubita mea, răspunse Keanu luând-o de mână, şi făcând-o pe Mariah să tresară.

— Nu pot decât să vă felicit şi să vă doresc numai bine, rosti Matt. Keanu, nu mai e nevoie să-ţi spun cu cine vei avea de-a face dacă o vei supăra, adăugă, râzând.

— Nu, nu e nevoie să-mi spui şi nu va trebui să faci o demonstraţie, fiindcă intenţionez să am grijă de sora ta.

Mariah zâmbi la rândul ei, căci Matt o îmbrăţişă.

— Şi eu trebuie să vă felicit, vă stă foarte bine împreună şi vă potriviţi, zise Kay, neavând idee cât impact aveau vorbele ei asupra celor doi îndrăgostiţi.

— Şi, povestiţi-ne, ce-aţi aflat la poliţie? vru să afle Mariah.

— Am aflat că mă numesc Kay Rhymes, că mâine vine familia mea după mine şi am un logodnic, zise Kay, iar Mariah şi Keanu văzuseră privirea tristă a lui Matt. Ray, poliţistul, l-a rugat pe Matt să mă găzduiască aici până mâine. Sper că eşti şi tu de acord, sper că nu v-am deranjat prea mult.

— Sigur că sunt de acord, zise Mariah, îmbrăţişând-o. Să ştii că eşti binevenită aici oricând.

— Mulţumesc. Înseamnă mult pentru mine să ştiu asta.

— Ce spuneţi, mergem la dans deseară, ca să ne bucurăm de ultima noapte în care eşti aici, cu noi? propuse Mariah.

Keanu îi răspunse cu un surâs, ştiind la ce se gândeşte ea. Era convins că voia să le ofere nişte amintiri frumoase celor doi tineri care se priveau cu drag, dar şi cu tristeţe.

— De acord, deşi nu ştiu cum mă voi descurca, zise Kay.

— Te vei descurca, sunt sigur de asta. Aşa cum ai învăţat puţin să înoţi, aşa te vei descurca şi cu dansul, o încurajă Matt.

— Mă duc să mă schimb, anunţă Kay, mergând spre camera ei.

— Vin şi eu, zise Mariah.

— Deci ai reuşit, îi spuse Matt lui Keanu, cu o privire veselă.

— Da, în sfârşit am reuşit să o conving, zise Keanu fericit. Păcat că am aşteptat până acum, dar e bine şi aşa.

— Da, mai bine mai târziu decât niciodată,. Mă bucur pentru voi. Era evident că vă simpatizaţi, mai ales că vă tachinaţi întruna, iar tu o ajutai mereu. Ca să nu mai spun că nu o dată te-am surprins privind-o concentrat, dar am tăcut. Am vrut să vină de la voi iniţiativa.

— Mai bârfiţi mult, dragilor?

Mariah arăta minunat într-o rochie albastră cu bretele subţiri, şi părul strâns în coadă.

— Numai despre ceea ce ne place, zise Keanu, privind-o cu drag.

— Să nu plecaţi fără mine, zise Kay, coborând în grabă scările.

Când Matt se întoarse din dreptul uşii, o

văzu Kay mai aranjată ca de obicei. Purta o rochiță roșie, iar părul îi era liber. Era frumoasă, foarte frumoasă. Pentru o ultimă noapte voia s-o mai vadă ca pe sirena lui și să uite de toate celelalte detalii...

La club, fetele intrară primele, stârnind admirație, dar admiratorii se rezumaseră la atât, fiindcă văzură de cine erau însoțite.

Luară loc la masă și comandaseră de băut. După câteva discuții banale, Keanu o invită pe Mariah la dans, iar ea aprobă cu o mișcare scurtă a capului.

— Tu nu știi să întrebi frumos, așa cum se întreabă? îl mustră în timp ce dansau, simțindu-se minunat.

În sfârșit, totul era așa cum trebuia să fie...

— Știi că nu e nevoie să întreb.

— Lăudărosule! Râse Mariah, lăsându-și capul pe umărul lui.

Rămași la masă, Matt o trezise pe Kay din visare:

— Ai vrea să dansezi cu mine?

— Da, mulțumesc, acceptă Kay.

Bărbatul ăsta pur și simplu îi tăia răsuflarea, atât de frumos, bun și dulce era. Dar, de a doua zi, nu-l va mai vedea. Asta era realitatea și nu avea cum s-o schimbe. Dar avea să trăiască în

seara aceasta, avea să simtă şi să-şi facă o amintire frumoasă, aşa cum deja strânsese câteva... În braţele lui, simţi că acolo e locul ei, locul din care n-ar mai pleca niciodată...

Matt o privea intens şi o ţinea strâns în braţe. Între ei nu încăpea nici o foaie de hârtie, îşi zise Kay. Felul în care o făcea să se simtă nu avea nici o legătură cu afecţiunea dintre doi amici, dar îi plăcea şi nu putea să nege acest lucru. Răsuflarea lui caldă pe umărul ei îi dădea fiori, fiori dulci, iar zâmbetul lui... zâmbetul lui putea cuceri orice fată, iar el era acolo, lângă ea, doar lângă ea...cel puţin deocamdată, dar nu-i păsa. Voia să se bucure de toate astea şi să nu aibă ce regreta mai târziu, când va fi departe de el.

Şi astfel cei patru tineri au dansat câteva ore bune, bucurându-se unul de compania celuilalt. Când clubul se închise, Keanu o conduse acasă pe Mariah, iar Matt şi Kay rămaseră în spatele lor.

— Am o surpriză pentru tine, spuse Matt, privind-o enigmatic şi ducând-o de mână spre plajă.

— Ce surpriză?

— Vino, acum e cel mai frumos de văzut, zise Matt luând-o după el.

— Bine, vin, zise ea, zâmbind.

După câţiva paşi, ajunseră aproape de apă.

— Ei, ce spui, cum e? şopti el, luând-o în braţe.

Kay privi apa. Arăta extraordinar, iar faptul că el era acolo, lângă ea, făcea ca totul să fie perfect.

— Minunat. Marea e frumoasă şi neliniştită.

— Exact ca tine, spuse Matt, cu un glas uşor răguşit.

— Adică eu sunt neliniştită? întrebă ea, omiţând voit celălalt cuvânt. Să ştii că sunt mult mai liniştită de acum câteva ore.

— Dacă spui tu… Ce zici de o baie în mare? o ispiti Matt.

— Acum? La ora asta?

— De ce nu ? Suntem singuri aici.

— Dar nu am costumul de baie la mine, zise ea, căutând o scăpare.

Nu prea o tenta să facă baie în mare la ora aceea şi cu o astfel de companie…

— Ai lenjeria intimă, nu?

— Matt! Sigur că da, dar.

— Atunci e acelaşi lucru.

Matt începu să-şi dea hainele jos, una câte una, încet, ca şi cum s-ar fi aşteptat ca ea să-l privească. Kay se întoarse repede, stârnindu-i amuzamentul.

— Kay! M-ai mai văzut în pantaloni scurţi,

zise el, râzând şi aruncându-se în mare.

Se întoarse din nou, la auzul numelui său, şi-l văzu sărind în apă:

— Nu mi-ai spus Kay deloc azi. Până acum, remarcă ea.

— M-am obişnuit să-ţi spun Serena. Ce mai aştepţi, vino aici, zise el îmbietor, iar ea simţea că, orice i-ar fi spus, nu-l putea refuza.

— Vin, dar probabil voi îngheţa, apa trebuie să fie rece,

Îşi scoase rochia şi rămase în lenjerie roşie, sub privirile lui Matt.

— Vino, n-ai să îngheţi, o să vezi, voi avea eu grijă de asta.

Kay intră în mare. O simţea rece, dar încerca să reziste tentaţiei de a fugi înapoi pe nisip sau, mai rău, în braţele lui.

— Arăţi de parcă ai mai făcut asta, zise Kay încruntată, dar zâmbi repede şi încercă să înoate, să-şi ascundă tremuratul. Se simţise luată în braţe.

— Ţi-am zis că nu-ţi va fi rece, vorbi Matt, ţinând-o în braţe şi întorcând-o spre el. E mai bine acum?

— Nu! ...adică da, mi-e bine, poţi să-mi dai drumul, ai zis că trebuie să facem o baie în mare, nu să stăm, aşa că... Se încruntă când el râse

amuzat de reacțiile ei. Ce-i de râs?

— Nimic.

— Spune-mi, nu râzi tu așa, fără motiv, insistă, îndepărtându-se de el.

— Nu era mare lucru, doar că tremurai toată și m-am gândit să te ajut să nu-ți mai fie frig.

— Mulțumesc, dar sunt bine acum. M-am obișnuit cu apa. Ai avut dreptate, e foarte frumos aici, zise ea, vrând să schimbe subiectul.

— Mă bucur că-ți place. Vin deseori aici, mai ales când vreau să mă relaxez. Vin uneori chiar și noaptea, zise el, iar ea vru să-l întrebe dacă vine singur, dar se opri la timp – nu era treaba ei.

— Putem merge acasă acum? zise Kay, simțind că i se face iar frig.

— Da. Haide, zise el și ieșiseră amândoi din mare.

Când mai aveau doi pași până la plajă, el veni în fața ei și o luă în brațe. O sărută, punând în acel sărut o parte din el, de parcă ar fi vrut ca ea să-și amintească mereu de el.

Kay îi simți pasiunea. Nu și-o putea explica. Deși aflase doar cu câteva ore în urmă anumite lucruri despre ea, nu se putea abține, avea nevoie de asta, ca și Matt, de altfel. Se simțea atât de bine în brațele lui, încât ar fi vrut să oprească timpul pentru ei, dar, cum nu era posibil, se înde-

părtă uşor, încercând să revină la realitate.

— Să nu-mi ceri socoteală pentru ce-am fă-cut, fiindcă nu-mi voi cere scuze, zise Matt, pri-vind-o cu o intensitate care o neliniştea, dar o şi bucura.

Nu ştia cum putea fi posibil ca el să-i stâr-nească un amestec de sentimente şi să o facă să nu mai fie ea, cea lucidă, sau poate să fie ea cu adevărat...

— Pot să nu spun nimic atunci? întrebă ea, puţin amuzată de reacţia lui spontană.

Vruse să-şi îmbrace rochiţa, dar el o opri.

— Da, poţi să nu mai spui nimic, dar eu o voi face. Doar câteva lucruri vreau să-ţi mai spun, vorbi el serios.

— Şi nu pot să iau rochia pe mine? M-aş sim-ţi mai bine aşa, zise ea, puţin jenată de situaţie.

— Nu, rămânem amândoi aşa doar pentru câteva minute, doar atât îşi cer.

— Bine, consimţi Kay, ştiind că poate avea încredere în Matt.

Se aşeză pe nisip, dar nu se întinse, iar el veni lângă ea.

— Acum spune ce-ai de spus, spuse ea, nea-vând curaj să-l privească.

Inima îi bătea foarte puternic, dar nu o mai mira. Se întâmpla aşa de fiecare dată când el era

73

în preajma ei şi, până acum, nu simţise nevoia să se opună.

— Serena… zise el.

— Matt… ştii că numele meu e Kay.

— Ştiu, dar parcă aş vorbi cu altă persoană, îi zise el, luând-o de mână.

— Nu trebuie să ţi se pară ciudat, deşi, la urma urmei, cred că toată situaţia e ciudată…

— Ziceai că nu vei spune nimic, îi aduse el aminte, întorcându-i chipul spre el.

— Ai dreptate.

— Deci, Serena, eu aşa te ştiu şi pentru mine aşa vei rămâne. Poate ţi se va părea ciudat că-ţi voi spune asta, dar mă bucur că mi te-a adus marea. Vreau doar să ştii…

— Ştiu, zise ea zâmbind, mi-ai mai spus-o şi cred că ştiu la ce te referi.

— Da, mă bucur că n-ai uitat. Să faci cumva să nu uiţi nici când vei fi departe. Eu sunt aici dacă ai nevoie de ceva, nu uita, mai spuse el, mângâindu-i mâna

Kay avu o strângere de inimă şi oftă.

— Să ai grijă de tine Serena.

— Voi avea. Îţi mulţumesc pentru tot, din nou, zise ea, strângându-i mâna.

— Pentru tot?

— Da, pentru tot, repetă, puţin nedumerită.

Nu ştia unde voia Matt să ajungă.

— Şi pentru asta? îi zise el, sărutându-i din nou buzele.

— Prefer să nu spun nimic despre asta.

— Mă simt ca un idiot că trebuie să te las să pleci, dar aşa e corect, zise el, privind marea.

— Te înţeleg. E timpul să mergem acasă, e tot mai rece aici, schimbă Kay subiectul din nou.

— Ai dreptate, zise el, îmbrăcându-se.

Kay îşi luă rochia pe ea şi apoi merseră în linişte acasă.

Matt deschise uşa şi o lăsă pe ea să intre prima. Kay zâmbi trist, căci era poate ultima dată când mai trăia asemenea clipe cu el. Merse direct spre camera ei, dar simţi că o opresc două braţe.

— Noaptea asta, sau cât a mai rămas din ea, dormi cu mine, rosti Matt, pe un ton care nu accepta nici un refuz.

— Nu cred că e o idee bună, zise Kay nesigură.

Deşi o voce îi spunea întruna să revină la realitate, dorinţa de a fi lângă el era mai puternică.

— Ba da, e o idee foarte bună, crede-mă, zise Matt, ducând-o cu el.

— Ai o cameră foarte frumoasă, observă Kay.

Deși era o cameră de bărbat, era ordonată şi pe o măsuță stătea o vază cu flori. Matt se aşeză deja pe pat şi o privi.

— Nu ți-e somn? o întrebă.

— Ba da, mi-e somn, răspunse Kay, zâmbind, dar accentuând fiecare cuvânt.

— Vino aici.

— Vin, dar mai înainte trebuie să merg în camera mea, să mă schimb. Nu e plăcut să stau cu lenjeria asta... explică ea, roşind.

— Bine, te schimbi şi te întorci aici. Dacă nu, vin eu acolo.

— Câtă insistenţă! râse ea şi plecă rapid.

Îşi luă o cămaşă de noapte lungă şi care nu avea un decolteu adânc. Nu voia ca el să creadă că îl provoacă.

— Eşti foarte frumoasă, sirena mea, îi spuse Matt, când se aşeză lângă el.

— Mulţumesc. Noapte bună! zise ea, aranjându-şi pătura pe ea.

Era conştientă de privirile lui fierbinţi, dar ştia lângă cine se află şi avea impresia că e singurul bărbat de care nu se teme.

— Noapte bună! zise el şi o luă în braţe. Sper că nu ai ceva împotrivă, mai spuse, apoi o sărută pe obraz.

Ştia că e logodită, dar nu se putea abţine. Femeia asta îl atrăgea ca un magnet, deşi nu făcuse nimic deosebit sau intenţionat. Era ceva mai presus de voinţa lui. Câteva ore nu voia să se gândească la nimic altceva decât la cât de bine se potrivea ea în braţele lui.

Kay îşi aminti că are un logodnic. Oare cum se simţea în braţele lui, oare ce efect avea asupra ei acel Kyle, oare atunci când o săruta, simţea o mică parte din ceea ce simţea atunci când o săruta Matt?

Se considera puţin imorală, stând în pat şi bucurându-se de compania altui bărbat, dar numai puţin. În fond, mai avea câteva ore de imoralitate, căci urma să revină la vechea ei viaţă, viaţa de dinainte de el, de bărbatul pe care era sigură că nu-l va uita niciodată.

Adormi conştientă că trăieşte cea mai frumoasă noapte din viaţa ei.

— *Capitolul 5* —

În dimineața următoare, Matt o trezi cu un sărut:

— Bună dimineața, sirena mea!

— Bună dimineața! zise Kay, simțind fiori de încântare, fiindcă îi plăcea să-i spună așa.

— Vreau să-ți dăruiesc ceva, zise el, căutând în sertar.

— Ce?

— Asta, spuse el, dându-i o cutie. Nu o vei deschide decât atunci când vei fi departe de locul ăsta și singură.

— Bine. Îți mulțumesc, doar că eu nu am nimic să-ți dăruiesc, zise ea, jenată că el se făcea un gest pe care ea nu i-l putea întoarce.

— Ba da, ai, o contrazise el și, până să-și dea seama Kay la ce se referă, îi scoase lănțișorul de la gât și îl puse pe post de brățară pe mâna lui. Dacă ești de acord, bineînțeles, spuse, cu o privire rugătoare. Îl voi păstra până când ne vom reîntâlni, iar atunci îl vei recupera, adăugă, văzând că ea face ochii mari.

— Sunt de acord, reuși ea cu greu să spună.

Erau conștienți amândoi de ceea ce însem-

nau vorbele lui. Erau o promisiune de revedere, iar asta îi bucura pe amândoi, oricât de ciudat ar fi fost.

— Dacă nu coborâm, Mariah ne va căuta, iar eu voi fi tentat să sar peste micul dejun, îi rosti el, zâmbindu-i în felul acela care o înnebunea.

— Mie chiar mi-e foame, zise Kay, sărind din pat şi mergând spre camera ei să se îmbrace.

Ceva îi spunea că i-ar plăcea să-l vadă şi să-l simtă lângă ea în fiecare dimineaţă. Îmbrăcă rapid un tricou roşu şi o fustă verde şi coborî la micul dejun, unde îi găsi pe Mariah şi Matt.

— Poftă bună! zise Mariah, dar parcă nimănui nu-i era poftă de mâncare.

Erau cu gândul în altă parte.

— Mulţumesc, zise Matt absent, ciugulind câte ceva.

— Mulţumesc, zise şi Kay, privind mâncarea cu mai puţină poftă decât de obicei.

— Eu trebuie să plec, anunţă Matt, îndreptându-se spre uşă.

— Te vei întoarce până plec? îl întrebă Kay, aproape ţinându-şi respiraţia.

— Bineînţeles, răspunse el zâmbindu-i.

Apoi plecă. Cele două femei se uitară la un film, ca să le treacă timpul mai uşor până la ora plecării.

— Îmi va fi dor de tine, adică ne va fi dor, spuse Mariah îmbrățișând-o, iar Kay știa la cine se mai referea. Ești o fată specială și îți doresc din toată inima numai bine și fericire. Să ai grijă de tine!

— Și tu să ai grijă de tine și îți doresc și eu multă fericire alături de Keanu. Se vede cât ține la tine și meritați să fiți fericiți.

— Da, mulțumesc. Păcat că nu poate fi atât de bine pentru toți...

Nu era greu de ghicit ce vrea să spună.

— Credeai că n-am observat cum vă priviți de fiecare dată? Dacă te consolează cu ceva, să știi că e prima oară când îl văd pe fratele meu atât de fascinat de o femeie.

— Mariah, nu știu ce să spun, chiar nu știu... Matt e un bărbat minunat, pe care orice femeie și l-ar dori, zise Kay, sinceră.

— Nu trebuie să spui nimic. Sper doar să ne mai vizitezi, atunci când vei putea, mai spuse Mariah, după care se uită din nou la film.

Matt căuta niște sucuri în vitrina magazinului, când îi atraseră atenția niște reviste. Cum Mariah îl rugase să-i cumpere una, le studie cu atenție, pentru a o lua pe cea dorită. Deodată o văzu: Serena, Kay, adică, era pe coperta uneia dintre ele, îmbrăcată în costumul de sirenă în

care o găsise el pe plajă, aproape moartă. Răsfoi revista, văzu poze cu ea şi Kyle, logodnicul ei, care dădea şi un interviu şi-şi manifesta îngrijorarea şi dragostea pentru logodnica pierdută în apele mării, precum şi dorinţa de-a o regăsi şi de-a se căsători cât mai repede cu ea.

Simţi un gol în stomac. Închise revista şi o cumpără, alături de altele pe care i le ceruse Mariah, apoi plecă în grabă. Pe drum, se întâlni cu Keanu, care mergea în aceeaşi direcţie. Ajunşi acasă, cei doi bărbaţi zăriră o maşină străină parcată în faţa casei.

După ce au intrat în casă au văzut o femeie tânără, care se prezentă drept prietena lui Kay, şi pe logodnicul lui Kay, Kyle, care era lângă Kay. Imaginea îi făcu rău lui Matt, lucru care nu-i scăpă lui Keanu.

— Vă mulţumim că aţi avut grijă de ea, vorbi Sheila, recunoscătoare.

— Cu mare drag, zise Mariah. Kay e o tânără încântătoare şi ne-a făcut plăcere să fim în compania ei.

— Cât vă datorez pentru deranjul vostru? întrebă Kyle, cu aroganţă în glas.

Se alese numai cu priviri încruntate.

— Nu e nevoie de aşa ceva, îi răspunse Matt, pe un ton rece.

— Atunci vă mulţumim încă o dată. Hai, draga mea, să mergem.

Kyle o cuprinse pe Kay de mijloc. Mat sesiză că ea nu se simţea deloc în largul. Strânse pumnul, ştiind că doar atât poate să facă. Până la urmă, era un străin pentru ea, cel puţin până când îşi va recăpăta memoria.

În curte, Kyle rosti:

— Hai, draga mea, ia-ţi la revedere de la prietenii tăi şi să mergem!

În tăcere, Kay o îmbrăţişă pe Mariah, care îi răspunse la fel de călduros, apoi pe Keanu, care îi spuse:

— Să ai grijă de tine, micuţo!

Kay zâmbi vag, dar îşi reveni puţin când veni rândul să-şi ia rămas-bun de la Matt:

— La revedere, sirena mea! Să ai grijă de tine, îi şopti el, strângând-o la piept.

— La revedere! îi spuse ea zâmbind şi savurând apropierea lui.

Câteva minute mai târziu, Kay era în maşină, pe locul din spate. Ea insistă să stea acolo, avea motivele ei.

Mariah, Keanu şi Matt îi făcură cu mâna, iar ea îi salută la rândul ei, ştiind că lasă o parte din ea acolo, în căsuţa de pe plajă. Se uită după ei până când nu-i mai văzu, apoi închise ochii, spe-

rând să adoarmă. Ce altceva să facă, ce să vorbească cu nişte necunoscuţi? Ştia doar că merg la aeroport, de unde pleacă la Boston, aflat la aproximativ o oră de zbor de Savannah.

Matt se duse în camera lui şi se culcă. Spera ca faptul că a lăsat-o să plece să nu fie cea mai mare greşeală pe care a făcut-o vreodată. Într-o zi vei fi a mea, sirena mea frumoasă, îşi zise el, încrezător.

Capitolul 6

Primul lucru pe care îl făcu Kay atunci când ajunse acasă, după un zbor care o obosise puțin, a fost un duș. Apoi, după ce mâncă în compania lui Kyle și a Sheilei, merse în camera sa, după ce le spuse celor doi că vrea să fie singură. Kyle plecă, dar Sheila insistă să rămână și pregăti ciocolată caldă pentru amândouă.

Kay scoase un obiect foarte important din rucsac. Era cutiuța primită de la Matt. O deschise cu mare grijă, ca și când ar fi conținut ceva fragil, și avu parte din nou de o surpriză frumoasă din partea lui: un lănțișor din scoici culese de pe plajă, scoica pe care i-o dăruise, o fotografie cu toți patru, una doar cu el, numărul lui de telefon și un bilet: „Dacă ai nevoie de mine, știi tu... Sunt aici, sirena mea. Ai grijă de tine! Al tău, Matt.”

Kay începu să plângă, strângând poza cu el la piept. Se întrebă ce va face fără sprijinul lui, fără încurajările lui, și, ca să fie sinceră până la capăt, fără el...

Îi salvă numărul în telefon și puse lucrurile înapoi în cutie și o încuie. Cheița o ascunse printre haine, în dulap. Lăsă afară poza lui Matt, pe

care o puse într-o carte, un roman de dragoste din sertarul noptierei, iar poza cu ei patru o fixă într-o ramă şi o aşeză pe măsuţa de lângă oglindă. Aceea putea sta la vedere.

Când Sheila veni cu ciocolata caldă, observă imediat fotografia:

— Frumoasă poză şi frumoşi şi tinerii. E bine că v-aţi împrietenit şi au avut grijă de tine, chiar fără să ştie cine eşti. Probabil că, şi dacă ştiau, tot n-ar fi contat, zise ea, zâmbind.

— Da, o aprobă Kay, privind cu drag poza, mai ales că Matt era aşezat strategic, lângă ea.

— Tinerii aceia, Mariah şi Keanu, sunt împreună, nu-i aşa?

— Da.

Le dorea din toată inima să fie fericiţi.

— Şi, băiatul acela, Matt... el e cel care te-a găsit pe plajă, nu?

Sheila studie reacţia lui Kay.

— Da, răspunse aceasta, atentă să nu arate mai mult decât trebuia.

Îşi aminti cum se uitase Matt la ea atunci, pe plajă, când îi simţise buzele lipite de ale ei. Închise ochii, păstrând amintirea doar pentru ea. Matt era secretul ei, numai al ei, şi aşa trebuia să rămână...

— Cred că-i eşti foarte recunoscătoare, zâm-

85

bi Sheila. De fapt, toţi îi suntem recunoscători că te-a readus printre noi. Draga mea, te credeam pierdută, mi se părea imposibil să mai trăieşti după ce ţi s-a întâmplat, dar mă bucur că eşti aici, acum. Totul va fi bine, vei vedea. Echipa abia aşteaptă să te vadă. Cu timpul, îţi vei reveni, draga mea.

Sheila simţi nevoia să o strângă în braţe.

— Mulţumesc, draga mea prietenă, doar că trebuie să aveţi răbdare cu mine, zise Kay, având sentimentul că nimic nu va mai fi vreodată ca înainte.

— Bineînţeles, draga mea. Şi acum, la culcare, trebuie să ne odihnim. Avem o zi plină mâine. Somn uşor şi, dacă ai nevoie de ceva...

— Da, ştiu, mulţumesc, zise Kay, amintindu-şi de vorbele lui Matt.

— Dar nu am reuşit să termin fraza, se amuză Sheila.

— Oh, da, ai dreptate, scuze, sunt obosită. Noapte bună!

— Noapte bună, Kay!

Kay scoase poza din sertar şi o puse sub pernă, şoptindu-i în gând noapte bună şi lui Matt, bărbatul care o impresiona cu adevărat.

*

În Savannah, Matt nu putea adormi. Târziu în noapte, gândul îi zbură în altă parte. Coborî în bucătărie şi bău un pahar cu lapte, sperând ca somnul să-l ia din nou. Ar fi vrut să existe un remediu şi pentru durerea sufletească. Se uită la lănţişorul pe care îl purta la încheietura mâinii, oftă şi merse la culcare, neştiind cât va mai putea suporta dorul de Kay.

În ziua următoare, Kay primi vizita celorlalţi membri din echipă. Îi păru bine să-i vadă, însă obosi. Totul era ciudat pentru ea. Pur şi simplu nu-şi aducea aminte de ei, oricât ar fi încercat. Le spuse că are nevoie de o săptămână de pauză. După aceea, va încerca să revină la şedinţele foto la care era foarte aşteptată.

După ce plecară, Kyle vru s-o ia în braţe. Kay se feri şi merse în dormitorul ei, spunând că are nevoie de odihnă.

— Trebuie să ai răbdare cu ea, Kyle. Îşi va reveni, dar trebuie s-o înţelegi. Dă-i puţin timp, va aprecia asta, îl sfătui Sheila pe Kyle, care se purta neobişnuit de când se întorsese Kay. Părea mereu agitat în prezenţa ei, dar probabil că era doar o părere.

Sheila plecă, urmând să revină în ziua următoare. Era fericită că o avea din nou aproape pe prietena ei, îi fusese foarte dor de ea şi spera ca

totul să revină la normal cât de repede.

Kay privi din poza aceea atât de specială pentru ea. Oricât ar fi vrut să-i dea un semn lui Matt, conştiinţa îi spunea că nu poate să facă asta. Nu îndrăznea să-l sune. Nu voia să simtă că-şi trădează logodnicul. Era convinsă că are sentimente pentru Kyle, astfel n-ar fi ajuns să fie ceea ce era pentru ea. Totuşi, oricât se străduia, nu reuşea să-şi amintească de el, de momente cu ei doi, de ceea ce simţise pentru el înainte de accident. Voia să-i revină memoria, să-şi clarifice sentimentele, ca să ştie ce are de făcut.

Auzind o bătaie uşoară în uşă, tresări şi ascunse repede fotografia. Era Kyle.

— Pot să intru?

— Da.

Kay se încruntă când văzu că se aşază pe marginea patului, lângă ea.

— Am crezut că ai plecat, îi spuse, încercând să nu fie prea impulsivă.

— Am vrut să mai stau puţin cu tine. Cum te simţi? o întrebă el, preocupat.

— Ţinând cont de toate cele întâmplate, bine...

Kay se uită pe fereastră. Nu mai zărea marea, ca în Savannah, ci doar alte clădiri. Avea im-

presia că se sufocă.

— Am vrut să-ţi reamintesc de conferinţa de presă de mâine. Toată lumea aşteaptă revenirea ta, Kay.

— E atât de devreme... Aş fi vrut s-o amânăm. Mi-e greu să fac faţă evenimentelor, abia am revenit, zise Kay, intimidată la gândul că va trebui să răspundă la întrebările unor necunoscuţi.

— Te vei face bine şi atunci totul va fi aşa cum a fost înainte.

Kyle o luă de mână. Kay respiră puţin mai greu. Deşi ştia că e un gest obişnuit pentru doi oameni care se cunosc şi simt ceva unul pentru celălalt, ceva din ea nu-l putea accepta.

— Ar trebui să-ţi aduci aminte de cât de mult ne iubeam, Kay. În timp, o vei face. Kyle îi luă chipul în mâini. Mă crezi?

Kay nu ştia cum să reacţioneze. Pur şi simplu i se părea străin totul. Străin şi ciudat.

— Kyle, am o întrebare foarte serioasă pentru tine şi te voi ruga să-mi răspunzi sincer, zise ea, fixându-l din priviri.

— Da, frumoasa mea, spune, zise el, privind-o altfel decât felul în care o făcea ea, dar intens.

— Poate ţi se va părea neobişnuit...

89

— Nu mi se va părea nimic neobişnuit. Întreabă-mă, haide.

— Bine. Voiam să te întreb dacă tu şi eu...

— Dacă tu şi eu ce? zise el, zâmbind.

— Ştii tu... dacă tu şi eu am fost împreună în felul acela...

Roşi, dar voia să ştie, era important pentru ea.

— A, asta era... Da, am fost împreună de multe ori şi a fost minunat, aşa cum trebuia să fie. Nu ne mai săturam unul de altul, aşa cum sper să fie în continuare, adăugă el.

O mângâie pe buze şi o privind-o cu dorinţă, observând că vorbele lui o afectau. Răspunsul lui o răscolea pe Kay, deşi nu-şi putea explica de ce. Avea o stare de confuzie şi de sentimente amestecate.

— Ai de gând să taci? o întrebă Kyle, zâmbind.

— Nu, scuză-mă. Trebuie să mă gândesc. Cred că aş vrea să rămân singură acum, nu te supăra, zise ea, simţind că mai are puţin şi lacrimile îi inundă ochii.

Trebuia să-l facă să plece cât mai repede.

— Bine, plec, dar să-mi promiţi că ai grijă de tine şi nu uita că sunt logodnicul tău. Urma să ne căsătorim, dar s-a întâmplat ce s-a întâmplat şi...

Kyle o luă în braţe.

— Voi avea, promise ea, cu un glas frânt. Pa, Kyle!

— Pa, Kay!

Vru s-o sărute, dar se feri. Nu suporta să se ferească de el, să-l respingă aşa. Era ca şi cum o parte din ea încă rămase aceeaşi în ceea ce îl privea. Rămasă singură, dădu drumul emoţiilor care o copleşeau. Nu-l voia pe Kyle aproape de ea şi cu fiecare clipă era tot mai conştientă de asta. Dar trebuia să aştepte, trebuia să-şi recapete memoria. Când nu voia să mai ştie nimic, când se întreba ce fel de persoană fusese înainte.

Adormi fără să mai ţină fotografia lui Matt în mână. Se simţea ciudat şi nu mai ştia ce să creadă. Ştia doar că vrea să se termine cu toate astea, cu întrebările, cu neliniştea pe care o simţea.

A doua zi, Kyle şi Sheila o conduseră la sediul agenţiei de modele pentru care lucra.

— Arăţi foarte bine, draga mea. Intră şi succes! Nu-ţi fie teamă, nu-i lăsa să te obosească cu întrebări, şi nu uita, suntem lângă tine, o încurajă Sheila.

Kyle o luă de mână. Intrară în sala aceea mare. Kay nu se simţea deloc confortabil şi abia aştepta să se termine conferinţa aceea, de care se temea ca de un interogatoriu.

Kyle arăta foarte bine. Era mereu zâmbitor și parcă avea ochi numai pentru ea, iar reporterii savurau asta. Ea, într-o rochie mai lungă, de vară, de culoarea portocalei, și cu părul strâns într-un coc lejer, luă loc pe scaunul indicat de Kyle. Sheila stătea în dreapta ei, încurajând-o din priviri.

Kay răspunse cu răbdare la întrebările reporterilor, sperând că se descurcă așa cum trebuie. De asemenea, intervențiile lui Kyle fură salvatoare, fiindcă el știa să-i cucerească pe reporteri.

— *Capitolul 7* —

Matt înțepeni în ușa bucătăriei când văzu ce urmăresc Mariah și Keanu la televizor. La început, nu știuse ce anume îi captivase, dar se lămuri imediat. Inima începu să-i bată mai repede.

O privea și nu se mai sătura. Kay era atât de frumoasă, atât de aranjată, de coafată. Arăta fericită. Părea departe de imaginea aceea unică, de sirenă. Își aminti că îi plăcea să o vadă cu părul liber.

Se alătură celor doi îndrăgostiți, care priveau la televizor și ciuguleau câte ceva. Observară starea lui Matt, care făcea pe indiferentul, dar suferea. De ei nu se putea ascunde. Mariah îl strânse mai puternic de mână pe Keanu, recunoscătoare că îl avea alături, dar suspină, fiindcă își dorea ca și fratele ei să fie fericit.

— Cum vă simțiți, domnișoară Rhymes? o întrebă pe Kay un reporter.

— Bine, puțin confuză în unele momente, dar încrezătoare că totul va fi bine cât de curând. Le mulțumesc celor care m-au sprijinit și mă sprijină în continuare.

Kay le mărturisise reporterilor un secret, pentru a le face pe plac, fiindcă ştia că vor să afle cât mai multe despre starea ei. Le spusese că luase lecţii de înot pentru a-şi învinge teama de apă şi că abia aştepta să pozeze din nou.

— Unde aţi locuit până acum? se auzi o altă întrebare.

— În Savannah, răspunse, simţind cum inima îi bate mai rapid.

Îşi adusese aminte din nou de acele persoane speciale pentru ea. Nu că le-ar fi uitat vreo clipă.

— Din câte am înţeles, aţi fost găsită de un salvamar, Matthew Keats, şi aţi stat în casa acestuia, în care locuia şi sora lui. Cum s-au comportat cu dv.? Ştiau cine sunteţi?

O nouă serie de bătăi rapide ale inimii o copleşi pe Kay, care îşi drese vocea şi răspunse încercând să pară stăpână pe ea:

— Nu am decât cuvinte de laudă la adresa acelor oameni şi ţin să-mi exprim întreaga recunoştinţă pentru ei. M-au primit în casa lor, deşi eram o necunoscută, şi m-au tratat foarte bine, zise ea, zâmbind şi atingându-şi cu o mână colierul cu scoici micuţe, cel de care nu se despărţea.

De la vreo mie de kilometri distanţă, Matt îi observă gestul ei şi nu-şi putu reţine un zâmbet. Era colierul dăruit de el, iar prin asta îi transmitea că nu l-a uitat.

— Domnişoară Rhymes, ce veţi face în continuare? Să ne pregătim de o căsătorie în viitorul apropiat? mai spuse cineva.

Kay oftă, dar ştia că trebuie să dea un răspuns:

— Deocamdată, mă concentrez asupra carierei mele. În viitor, voi vedea ce mă aşteaptă.

Încercă să zâmbească, înfruntând privirea puţin încruntată a lui Kyle.

La finalul interviului, Matt plecă afară fără să scoată o vorbă. Făcu o baie lungă în mare — avea nevoie de asta.

Mariah şi Keanu merseră şi ei la o plimbare pe plajă. Înotară şi stătură la soare. La un moment, dat se îmbrăţişară şi se sărutară până li se tăie răsuflarea, apoi se luară de mână şi se priviră cu dragoste.

— Ar fi timpul să merg acasă, zise Mariah. A fost o zi plină şi azi, zise ea, gândindu-se şi la interviul televizat al lui Kay.

— Te conduc, se oferi Keanu, punându-i o mână în jurul taliei.

În fața ușii, Mariah îl sărută pe Keanu și simți din nou cum o cuprinde fericirea. De fapt, o făcea fericită de fiecare dată când era lângă ea și astfel o asigura că își respectă promisiunea pe care i-o făcuse, aceea că va avea grijă de ea și de iubirea lor.

— Noapte bună, Keanu!

Foarte greu se desprinse de buzele lui, de trupul său, atât de potrivit cu al ei.

— Noapte bună și ție, dar am zis că te conduc, zise el, zâmbindu-i în felul acela care o intimida, fiindcă știa la ce se gândește.

— Și m-ai condus. Acasă.

— N-am zis până unde te conduc

O luă în brațe și porni spre camera ei.

— Stai, ce faci? zise Mariah, încercând să se desprindă.

— Ceea ce îmi doresc de atâta vreme: te conduc în camera ta, dulceațo, îi zise el, râzând, iar ea îi simțea bătăile puternice ale inimii.

— Keanu... asta nu înseamnă că...

— Nu că n-am fi amânat deja de atâția ani, dar ceea ce fac acum nu înseamnă decât că te voi face să te obișnuiești cu mine și vom dormi împreună.

Keanu accentuă cuvântul dormi. Mariah îl privi încruntată. Știa cu cine are de-a face. Dar el

o sărută și o făcu să zâmbească.

— Dacă spui tu, așa să fie, cedă ea, ignorând rațiunea care altădată ar fi oprit-o de la astfel de lucruri.

După ce făcură duș pe rând, se întinseră în pat. Se sărutară minute în șir, iar Keanu adormi cu Mariah în brațe.

*

În scurt timp conferința de presă se încheie, iar cei trei merseră la un local, pentru a lua prânzul.

— Ce-a fost cu răspunsul ăla ciudat? întrebă Kyle.

— La ce te referi? îi întoarse Kay întrebarea, gustând din carnea de pește din farfurie.

— Nu ai anunțat clar că ne vom căsători, când toată lumea știe deja asta. E stabilit de multă vreme, zise Kyle, agitat.

— Se pare că toată lumea are lucruri de dinainte stabilite, iar eu nu pot să decid singură pentru mine, ripostă Kay.

O cuprinse o senzație de iritare pe care nu putea s-o controleze. Sheila simți tensiunea dintre ei și interveni în discuție:

— Dragilor, haideți să ne bucurăm de acest

somon delicios şi să lăsăm discuţiile serioase pentru mai târziu.

— Ai dreptate, zise Kyle, schimbându-şi brusc atitudinea.

— Eu trebuie să vă las acum, am o întâlnire, anunţă zâmbitoare Sheila, după ce mâncă.

— La o întâlnire? zise Kay cu un zâmbet larg, primul din ziua respectivă.

— Da. Mark, colegul lui Kyle, mă aşteaptă. Adevărul e că îmi dă târcoale de vreo câteva luni, iar eu de-abia acum m-am decis să-l iau în seamă, zise ea zâmbind, iar ochii îi străluceau.

— Se pare că eşti încântată, constată Kay.

— Am să-ţi povestesc mai multe cu altă ocazie, îi promise Sheila.

— Mă bucur pentru ea, e o fată minunată, rosti Kay.

— Şi eu. Mark e un băiat de treabă şi e topit după ea de câteva luni, zise Kyle.

— Aş vrea să merg acasă, te rog.

— Sigur că da. Te conduc.

Când ajunseră acasă, Kyle o luă în braţe şi vru să o sărute, dar Kay nu-i permise:

— Te rog, nu mai insista. Nu pot acum, sunt prea confuză în legătură cu tot ce mi se întâmplă,

Sigur numai din cauza asta îl refuz? se întrebă Kay.

— Bine, voi avea răbdare, dar să nu uiți cine sunt eu pentru tine, zise Kyle, după care o sărută pe obraz și plecă, iar ea se simți intimidată de vorbele lui.

După ce făcu un duș fierbinte, Kay merse la culcare, neputând să oprească gândurile și amintirile care o asaltau noapte de noapte, chiar și în timpul zilei, în momentele cele mai nepotrivite. Aceleași lucruri i se întâmplau și lui Matt, chiar dacă se afla la distanță mare de ea. Era trist că nu luase legătura cu el, fie și pentru a-i spune că e bine. Uneori și-o închipuia în brațele lui Kyle, iar imaginea îi rodea sufletul.

— Capitolul 8 —

Săptămâna de odihnă pe care o ceruse Kay se terminase. Însoțită de Kyle, Sheila și Mark, era la o mică petrecere dată cu ocazia lansării unei viitoare reclame.

— Am o surpriză pentru tine, Kay, zise Sheila, zâmbind.

— Despre ce e vorba?

— În seara asta îți vei cunoaște partenerul pentru reclama la parfumul Water. Am decis că e mai bine să fie două personaje în reclamă. Va fi mai atractivă, răspunse Sheila, misterioasă.

— Bine. Și fotograful va fi tot Kyle?

— Bineînțeles.

— Bine. Merg puțin afară, e prea cald aici.

— Vrei să vin cu tine? se oferi Kyle, fixând-o din priviri.

— Nu, mulțumesc. Vin imediat, am nevoie doar să iau puțin aer, spuse Kay, apoi porni încet spre ușile care dădeau în grădina interioară a restaurantului.

— E foarte frumoasă în seara asta, remarcă Sheila, zâmbind și luându-l de mână pe Mark, care o sărută ușor pe buze.

— Cine va fi partenerul ei în reclamă? se interesă Mark. Nici mie n-ai vrut să-mi spui, zise Kyle, încruntându-se puțin.

— Mai ai puțină răbdare, vei afla curând.

De-o vreme, Sheila începuse să pună niște lucruri cap la cap și acționa în consecință, ajutându-și prietena.

Kay admiră tufele de trandafiri de diverse culori, apoi se așeză într-un leagăn și privi luna, care era plină în seara aceea.

— Kay! Vino, draga mea, a sosit surpriza mea pentru tine, o strigă Sheila, convinsă că prietena ei va fi foarte bucuroasă.

Kay nu voia să se lase așteptată. Își ridică puțin rochia roșie lungă, fără bretele, și se îndreptă spre Sheila, observând că lângă ea era un bărbat care stătea cu spatele la ea, discutând cu alte persoane.

— Dragule, a venit. Te poți întoarce, zise Sheila, urmărind reacția lui Kay.

Kay se opri brusc când bărbatul se întoarse. Avu impresia că i se oprește și inima. În fața ei era nimeni altul decât Matthew. Pentru un moment, cei doi se priviră ca și cum ar fi fost doar ei doi în încăpere. Kay încerca să respire normal, știa că trebuia să pară o reîntâlnire dintre doi vechi prieteni, dar simțea că tremură toată, deși

afară era cald.

— Tu? atât avu putere să rostească, încercând să se adune.

Era conştientă că nu putea reacţiona aşa, ca o adolescentă, şi că trebuia să-şi recapete stăpânirea de sine.

— Eu. Bună, Kay, zise Matthew zâmbind.

Veni spre ea şi o îmbrăţişă scurt, apoi se îndepărtă. Între timp ajunse şi Kyle afară şi văzu că Kay este îmbrăţişată de cineva.

— Kyle! Ai ajuns la timp, tocmai a sosit colegul lui Kay pentru reclamă, zise Sheila, zâmbind şi privind-o pe Kay ca şi cum şi-ar fi dat seama de unele lucruri pe care n-ar fi trebuit să le observe...

Kay amuţi atunci când Kyle îi strânse mâna lui Matthew:

— Bine ai venit! Doar că nu înţeleg, el nu e fotomodel. Cum de l-ai ales pentru reclamă, Sheila?

— Tocmai am început un curs în privinţa asta, vorbi Matthew. Kay şi-a dorit pe cineva care să vină din mediul acela, aproape de apă, cu care să lucreze şi să se simtă în largul ei, adăugă, neslăbind-o din ochi pe Kay, toată roşie la faţă.

— Ai dreptate, dragule. Chiar aşa e, zise Sheila zâmbitoare, savurând reacţiile prietenei sale.

Mark urmărea atent ce se întâmpla și o ținea în brațe pe Sheila, care radia, pur și simplu. Se simțea fericită, avea mai multe motive...

— Mi-aș fi dorit un fotomodel masculin cu experiență, dar dacă tu crezi că el este cel potrivit pentru reclamă, fie, zise Kyle, ușor nemulțumit.

Nu se putea opune. Agenția de modele era a Sheilei, ea o conducea.

— Când se va filma reclama? întrebă Kay, încercând să-și revină.

Matthew era atât de frumos în costumul acela albastru, care îi punea în evidență corpul bine lucrat.

— Mâine, răspunse Sheila. Eu și Mark am pregătit totul, până și locul. Va fi minunat, veți vedea. Acum, haideți să ne întoarcem la petrecere.

Toți o urmară în sală și se așezară la masă. Kay stătea între Kyle și Matthew, lângă care erau așezați Sheila și Mark.

— Ce spui, Kay, e bună alegerea mea? întrebă Sheila, gustând din mâncarea delicioasă.

— Nu pot să spun decât că sunt de acord cu tine.

Kay abia se atinse de mâncare. Era conștientă de privirile lui Matthew ațintite asupra ei.

Trebuie să-şi controleze bătăile inimii, însă, cel puţin pentru moment, nu reuşea. Spera ca el să nu simtă agitaţia pe care i-o stârnise, dar zâmbetul lui îi spunea că şi el trece prin aceleaşi stări. Făcură schimb cu toţii şi de numere de telefon.

— Kyle, îmi permiţi să dansez cu Kay? zise Matthew nedorind să pronunţe cuvântul „logodnică".

Şi el o studiase intens de când o văzuse şi i se părea mai frumoasă decât o ştia. Totuşi, tristeţea din ochii ei îl făcea să creadă că nu era fericită cu adevărat.

— Da, zise Kyle încruntat.

Nu voia să facă o scenă, nici să pară gelos.

— Kay, dansezi cu mine? zise Matthew cu glasul său cuceritor, căruia ea nu-i putea rezista.

— Da, acceptă ea, zâmbind uşor, cât să nu dea de bănuit.

Se lăsase condusă pe ringul de dans, urmată de Sheila şi Mark.

Când simţi mâinile lui Matt încolăcindu-se în jurul ei, Kay nu simţi nevoia să-l dea la o parte, ca pe Kyle, fiindcă, oricât s-ar fi împotrivit raţiunea ei, sentimentele îi spuneau că aşa e bine.

— Îl porţi şi acum, rosti Matthew.

— Poftim? Scuză-mă, nu eram atentă, zise Kay, cu un uşor tremur în voce.

— Lănţişorul pe care ţi l-am dăruit. Îl porţi şi acum.

— Bineînţeles că da, îmi place foarte mult.

— Îţi aminteşti că am dansat pe melodia asta şi în Savannah?

Matt o lipi şi mai mult de el, iar ea spera să nu-i atragă atenţia lui Kyle. Ştia că îi urmăreşte din priviri şi n-ar fi vrut să fie interpretată greşit, cu toate că o parte din ea ştia deja nişte lucruri foarte clar.

— Da, îmi amintesc, răspunse, vrând să aibă o voce mai rece, în ciuda căldurii pe care nu o putea controla atunci când Matt era în aceeaşi cameră cu ea, darămite atunci când era în braţele lui.

— Cum de ţi-ai dorit să fii fotomodel? încercă Kay să ducă discuţia spre un subiect mai sigur.

— Mi s-a spus că am toate calităţile pentru asta.

— De către cine? zise Kay curioasă.

— De către Sheila, atunci când m-a sunat, iar eu o cred. Dacă ea spune asta, înseamnă că aşa e, zise el mângâindu-i uşor spatele, nebănuind parcă fiorii pe care îi transmitea femeii de lângă el.

— Ea te-a sunat? zise Kay, uimită.

— Da. E o poveste mai lungă, spuse el mis-

terios. Ideea e că sunt aici şi mă bucur să văd că eşti bine, zise el privind-o cercetător în ochi, ca şi cum ar fi vrut să se convingă de asta.

— Da, sunt bine, mulţumesc. Spune-mi, ce mai fac Mariah şi Keanu?

— Sunt bine şi ei, tot mai îndrăgostiţi în fiecare zi, zise el, cu un glas uşor răguşit.

— Mă bucur pentru ei, sunt nişte oameni minunaţi. Te rog să-i saluţi din partea mea atunci când îi vei revedea, vorbi Kay sinceră.

— Poate vei veni într-o zi să-i vizitezi, ştiu că s-ar bucura, şi n-ar fi singurii...

— Poate voi veni într-o zi, atunci când timpul îmi va permite. Cred că s-a terminat melodia, zise Kay neliniştită, căci el o ţinea încă în braţe.

Matthew îi dădu drumul din braţe, dar o conduse la masă ţinându-i o mână în jurul taliei. Ştia că erau priviţi şi nu voia să-i facă rău. Voia să o ştie aproape...

— Draga mea, te rog să nu iei loc. Aş vrea să dansezi cu mine acum, îi zise Kyle, privind-o atent, iar ea păli.

— Bine, acceptă Kay, văzând cu coada ochiului cum Matt se aşază din nou la masă şi o priveşte lung.

Kyle o conduse pe Kay pe ringul de dans, iar Sheila sesiză starea de uşoară iritare a prietenei

sale. Văzuse şi ea, că de când se întorsese acasă, îl ignoră pe Kyle, chiar îl evită.

— Ţi-a plăcut să dansezi cu el? o întrebă Kyle pe Kay, în timp ce o lipea de corpul lui.

— A fost doar un dans, Kyle, răspunse ea, simţind că nu era în totalitate sinceră.

Cu fiecare ocazie, constata că el nu are efectul pe care îl are Matthew asupra ei. Se învinovăţea pentru asta, dar ştia că mai trebuie să aştepte. Odată cu revenirea memoriei, toate îndoielile i se vor clarifica. Până atunci, trebuia să ascundă ceea ce inima ei ştia deja.

— Nu vreau să te mai văd dansând cu alt bărbat, e prima şi ultima oară când ţi-o spun, zise Kyle posesiv, nebănuind că atitudinea lui nu face decât să o îndepărteze şi mai mult de el.

— Aş dori foarte mult să nu te consideri stăpânul meu. Eşti logodnicul, nu stăpânul meu, zise Kay cu greutate.

Drept răspuns, Kyle o sărută pe buze, profitând că era lumea multă în jur şi Kay nu-l putea respinge. Într-adevăr, nu-l respinse, dar el simţi că nu-i convine. Când se termină melodia, Kay se îndepărtă de el, iar ochii îi căzură asupra lui Matt, care o scruta şi înghiţea în sec. Fu condusă apoi la masă de către Kyle, care o luă de mână, odată aşezaţi. Kay vorbi apoi, răspunzând la în-

trebările celor de lângă ea. La un moment dat, își eliberă mâna dintr-a lui Kyle și se scuză, simțind că trebuie să plece din locul acela, să iasă afară, din nou, singură.

În grădina cu trandafiri, se așeză din nou pe același leagăn pe care stătuse în urmă cu câteva minute și începu să se legene încet. Închise ochii, pentru a inspira mai adânc parfumul trandafirilor. Un glas o trezi din visare:

— Te simți mai bine?

Recunoscu vocea lui Matt și deschise ochii. El se așeză lângă ea, pe leagăn.

— Da, e mai plăcut aici afară, uneori, zise ea, urând faptul că își simțea corpul tremurând.

— Ai emoții pentru mâine?

— Da, sunt puțin neliniștită. Nu mai știu cum se fac toate astea, dar sper să mă descurc și să fie ceva reușit. Am testat parfumul și e minunat, mai zise Kay, privind luna, nu pe Matt. Știa că nu erau singurele ei griji legate de ziua următoare.

— Așa e, l-am încercat și eu și chiar miroase foarte bine. Sunt sigur că va avea succes. Kay, trebuie să-ți dau ceva.

— Ce anume? întrebă, dar ghici singură imediat.

Lănțișorul ei era încolăcit în jurul încheieturii mâinii sale.

— Ţi-am spus că ţi-l voi înapoia atunci când ne vom revedea şi acum e momentul, îi spuse el zâmbindu-i, în timp ce-şi scotea lănţişorul jos de pe mână. Vrei să te ajut să-l pui la gât?

— Da, mulţumesc, zise ea regretând imediat, căci îi simţi atingerea uşoară a degetelor, lucru care o înfiora şi îi stârnea senzaţii de care încerca să scape. Îi simţi şi răsuflarea caldă, şi buzele, care o sărutau uşor pe gât. Închise ochii, savurând pentru o clipă senzaţia aceea care îi transmitea căldură prin tot corpul, dar se îndepărtă puţin de el. Era mai bine aşa.

— Matt, ce faci?

O enerva că nici nu putea vorbi cum trebuie, nici nu putea fi atât de indignată, pe cât ar fi trebuit.

— Ştiu că n-ar fi trebuit, dar nu m-am putut abţine, zise el, luând-o de mână şi privind-o pierdut.

— Ar trebui să mergem în sală, ceilalţi ne aşteaptă, zise Kay luându-şi mâna dintr-a lui şi încercând să facă ceea ce trebuie, atât cât mai avea luciditate în ea.

— Da, ai dreptate, recunoscu Matt, urmând-o.

O privea şi nu putea să n-o admire, să nu simtă ceea ce simţea pentru ea, să n-o dorească.

Kay ajunse la masă, bucurându-se că reuşise să reziste ispitei de a privi înapoi. Ştia că, cu cât îl vede mai puţin pe Matt, cu atât va fi mai bine pentru ea, pentru liniştea ei.

— Vreau să plec acasă. Nu mă simt grozav, spuse, vrând să plece departe, acasă, în locul în care se simţea în siguranţă.

— Am fi putut să mai stăm, dar, dacă aşa vrei, plecăm, zise Sheila, cercetând-o bănuitoare.

Citi pe chipul prietenei sale că se întâmplase ceva, dar nu spuse nimic. Voia doar să-i fie alături.

Merseră apoi toţi cinci cu maşina lui Mark. Kay coborî la ea acasă, apoi Mark îi conduse pe ceilalţi acasă, iar pe Matthew, la un hotel.

În ciuda insistenţelor lui Kyle, Kay nu dori ca el să mai rămână cu ea. După ce făcu un duş îşi luă pijamaua şi se culcă, chinuindu-se să adoarmă. Avusese o zi încărcată, plină de surprize. Îşi aminti din nou de sărutul pe care Matt i-l dăduse pe gât şi de cât de bine se simţise; oricât ar fi încercat să alunge amintirea lui, nu reuşea. Îşi atinse ambele lănţişoare de la gât, oftă şi adormi cu gândul la el, doar la el, aşa cum o făcuse în fiecare noapte de când revenise acasă.

În camera de hotel, Matt făcu un duş. Întins pe pat, se gândi la frumoasa lui sirenă, rememorând momentele cu ea din seara aceea, mai ales

acela în care o simţise tremurând atunci când o sărutase pe gât. Deşi aparţinea altui bărbat, o simţise a lui, ca atunci când dansase cu ea. O avusese atât de aproape, totuşi nu putea să o sărute aşa cum şi-ar fi dorit. Femeia asta era o tortură pentru el, iar dacă nu găsea modalitatea de a fi aproape de ea, chiar dacă ştia că e a altui bărbat, ar fi înnebunit singur, fără ea, acolo, în Savannah. Îşi aminti privirile lui Keanu şi Mariah când plecase. Până şi ei ştiau că, pentru el, aşa era cel mai bine.

— *Capitolul 9* —

Se lăsase seara în căsuţa de pe plajă din Sa-vannah. Keanu şi Mariah se puseră în pat după ce văzuseră un film.

— Noapte bună, dulceaţa mea, îi ură Keanu femeii din braţele lui, îmbrăcată într-o cămaşă de noapte care numai gânduri de somn nu-i tre-zea, deşi era bucuros că-l lăsa să-i fie aproape, chiar şi aşa.

— Noapte bună, Keanu, îi zise Mariah, întor-cându-se spre el şi sărutându-l cu drag.

— Hm, ştii ce-mi faci, dulceaţo? zise Keanu lipind-o de el.

— Ştiu, dar...zise Mariah, care fusese între-ruptă de un sărut pasional.

— Nu trebuie să spui nimic, nici să ai privi-rea aia speriată. Nu te voi mânca, dulceaţo, chiar dacă mi-aş dori, zise el, mângâindu-i buzele cu degetul. Vreau doar să te laşi în voia mea, măcar puţin. Îţi promit că mă voi opri atunci când vei vrea, dar lasă-mă să te sărut, îi spuse el, în timp ce se aşeza deasupra ei.

După ce văzuse acordul în ochii ei, Keanu îi sărută buzele, apoi gâtul, în timp ce mâinile lui îi

mângâiară mai întâi mijlocul, pe urmă sânii, pe care îi atinse în părţile lor laterale, stârnindu-i senzaţii de plăcere lui Mariah, care îl săruta întruna, simţind că îl doreşte tot mai mult. Keanu îi cuprinse un sân prin cămaşa de noapte şi o simţi tresărind:

— Nu-ţi fie teamă, dulceaţo, sunt aici, cu tine, îi zise el, fascinat de rotunjimile ei frumoase, în timp ce îi scotea cămaşa de noapte, lăsându-i doar lenjeria intimă neagră.

Văzu că îşi acoperă sânii cu mâinile şi i le îndepărtă uşor, sărutându-i buzele. Coborâse pe gâtul ei, în timp ce ea îi mângâia spatele, apoi pe sânii ei, simţind cum ea respiră tot mai greu, la fel ca şi el.

Mariah vibra la atingerile lui Keanu, care îi atingea, săruta şi alinta sânii. Îi plăcea s-o atingă, s-o sărute, s-o iubească.

— Cum e, dulceaţo, spune-mi că-ţi place ce-ţi fac, zise Keanu concentrat, sărutând-o încet şi dulce pe sâni.

— Keanu... zise Mariah jenată.

— Mariah, doar spune-mi, te rog, trebuie să ştiu, zise Keanu cu un zâmbet viclean, fiindcă ştia deja răspunsul.

Simţise cum trupul ei se arcuieşte sub el şi îi plăcea.

— Dacă vrei tu... bine, îmi place... zise Mariah, zâmbind şi mângâindu-i părul.

Keanu îi privi încântat sânii câteva secunde. Începu să-i sărute, să-i mângâie, să sugă uşor sfârcurile dulci, asigurându-se că ea trăieşte la maximum tot ce îi oferă el. Mariah gemea uşor şi asta îl făcea fericit. Asta şi voia, să o facă să-i placă, să o facă să-l vrea. Neputându-se abţine, îşi coborî uşor mâna între coapsele ei şi începuse să o mângâie încet, blând, simţind cum corpul ei se contractă.

Mariah îi mângâie abdomenul, bucurându-se de muşchii lui, de frumuseţea lui, de mângâierile lui, şi se încordă când simţi că mâna lui Keanu îi atinge slipul pentru a i-l îndepărta de pe ea.

— Keanu, nu, te rog. E de-ajuns pentru azi, zise ea oftând.

Se gândea că se va supăra, dar el o surprinse din nou. Zâmbi, se aşeză lângă ea, luând-o în braţe şi sărutând-o minute în şir.

— Bine, iubito, ne oprim, dacă vrei, zise el sărutând-o pe gât şi oprindu-i mâinile care voiau să pună pătura pe ea. Nu, iubito, te acopăr eu.

— Keanu... poţi să dormi aşa?

— Da dulceaţo, voi încerca să dorm.

Mariah îi simțea corpul lipit de al ei, îi simțea masculinitatea. O înfiora, dar o și bucura.

— E bine, iubito, să fiu așa lângă tine?

— Da, răspunse ea, jenată, dar fericită.

— Capitolul 10 —

În ziua următoare, Kay veni la locul de filmare a reclamei însoțită de Kyle. Toată lumea era acolo. Îl văzu pe Matt în timp ce o machia Sheila. Purta blugi negri și o cămașă albastră și era zâmbitor, frumos și minunat, iar ei îi tresări inima. Matt îi salută pe toți, apoi veni la ea.

— Bună Kay, Sheila!

— Bună! răspunseră ele în cor.

Matt se așeză pe un scaun, așteptându-și rândul la machiaj. Kyle apăru și el prin preajmă, pregătindu-și aparatul de fotografiat.

— Uită-te la mine, Kay, zise Sheila. Mai trebuie să te rujez puțin și gata. Ești superbă!

— Mulțumesc, îi zise Kay Sheilei, după care îi cedă locul lui Matt.

Cei doi se atinseră fără să vrea. Tresăriră și se priviră intens. Kay își întredeschise buzele involuntar. Se așeză pe scaunul pe care stătuse el mai devreme și continuă să-l privească. Își zâmbeau unul altuia de parcă ar fi fost numai ei doi acolo.

— Sunteți gata? întrebă regizorul Neil Finn, un tânăr blond și arătos, care îi făcea ochi dulci

asistentei Sheilei, Claire Jones.

Pe platoul de filmare era o atmosferă plăcută, încărcată de tinereţe şi iubire, exact aşa cum îi plăcea Sheilei. O mulţumea stilul degajat al regizorului. Mai lucrase cu el şi altădată. De asemenea, Mark era acolo, ajutând-o cu tot ceea ce avea nevoie. Era ea fericită. Doar Kyle stătea încruntat, dar, pentru prima oară, Sheilei nu-i păsa. Se cam săturase de aroganţa şi stilul lui posesiv în relaţia cu Kay. Observase multe lucruri în ultima vreme, dar nu voia să-i spună nimic lui Kay. Prefera ca prietena ei să decidă singură pentru ea. Spera să-i revină memoria cât mai repede, abia atunci avea să-şi găsească liniştea.

— V-aţi aşezat perfect, rosti Neil, zâmbind celor doi tineri între care se vedea o apropiere specială.

Dacă el nu observa asemenea lucruri, atunci nimeni nu o putea face.

— Suntem gata, zise Matt zâmbind, în timp ce o ţinea de mână pe Kay, aşa cum i se ceruse. Nu putea nega că îi plăcea şi lui.

Cei doi făcură câţiva paşi pe nisipul adus special acolo, după care auziră vocea lui Neil:

— Îmbrăţişeaz-o!

Matt nu avu decât să urmeze indicaţia şi o îmbrăţişă pe Kay, şi ea concentrată atât asupra

reclamei, cât şi asupra lui. Nu trebuia să recurgă la vreun truc actoricesc, căci privirile lor erau autentice. Kay se simţi din nou ca şi când ar fi fost doar ei doi acolo.

— Sărut-o! se auzi Neil din nou.

Kay îngheţă. Nu se aşteptase la asta. Îl auzi pe Kyle, care protesta nervos, dar fără succes:

— Chiar trebuie? E credibil şi aşa.

— Eu sunt regizorul aici! Nu-ţi convine, ieşi afară până termin! se enervă Neil.

Kyle se înfurie, însă rămase pe loc. Nu voia să-i dea satisfacţie înfumuratului ăluia.

Neil le făcuse semn să continue şi fu încântat să vadă cum Matt îi săruta uşor buzele lui Kay. Reclama ieşise minunat, dar încă nu le spuse să se oprească. Neil savura furia de pe chipul lui Kyle, precum şi emoţia transmisă de cei doi.

Kay simţi din nou gustul buzelor lui Matt lipite de ale ei. Era posibil să existe senzaţii mai plăcute decât asta? O clipă, se întrebă dacă şi Kyle o sărutase astfel. Mai degrabă nu. Nu voia să creadă că ceea ce simţea cu Matt era la fel cu ce simţise vreodată cu Kyle.

— Ok, vă puteţi opri, spuse Neil, trezindu-i din visare.

O secundă, doar o secundă în plus, buzele lui Matt rămaseră lipite de ale lui Kay, după care îi

dădu drumul din sărut, din braţe. Nu i-ar mai fi dat drumul niciodată...

— A ieşit minunat! exclamă Neil, venind spre ei şi felicitându-i.

— Mă bucur că totul a ieşit perfect! rosti Sheila, îmbrăţişându-i pe cei doi.

— Şi eu, zise Matt, reuşind să vorbească primul.

Kay mai avea puţin şi îi dădeau lacrimile. Dacă nu pleca în clipa aceea de acolo, sigur avea să izbucnească în plâns.

— Trebuie să ies puţin, le spuse ea lui Neil şi Sheilei, care o privea preocupată.

Merse la toaletă, unde se prinse cu putere de marginea chiuvetei şi se privi în oglindă, încercând să-şi oprească lacrimile. Nu reuşea să înţeleagă ce i se întâmplă, dar, văzându-şi lacrimile curgând pe obraji, ştia că se eliberează într-un fel de emoţiile furtunoase. O chinuiau sentimente contradictorii în fiecare clipă şi nu ştia cât le va mai putea îndura. La un moment dat, uşa se deschise şi Sheila apăru în prag.

— Eşti bine? Hai, trebuie să te schimbi, uite aici hainele, zise ea privind-o în oglindă şi neplăcându-i ceea ce vedea.

— Da, sunt bine, minţi Kay a mia oară.

Se spăla pe faţă şi se întoarse spre Sheila,

sperând că arată cât de cât normal. Luă hainele și intră să se schimbe. Purta o rochiță galbenă, cu bretele, și sandale joase. Evita tocurile, pe cât era posibil.

Sheila era tot acolo.

— Sigur ești în regulă? Nu arăți prea bine. Sper că nu te-am obosit din prima zi.

— Da, nu-ți face griji, o liniști Kay. Încă nu m-am reobișnuit cu activitățile astea, dar cu timpul, va fi tot mai bine,

Spera să nu se înșele.

— Kyle a trebuit să plece, avea o ședință foto programată, dar eu vreau să ieșim undeva, la o înghețată, rosti Sheila, zâmbind misterios.

— Bine, acceptă Kay, gândindu-se că îi va face bine să iasă, să se gândească la altceva.

Mark și Matt le așteptau pe canapea.

— Mark, dragule, suntem gata, zise Sheila, sărutându-și iubitul.

— Vine și el? zise Kay referindu-se la Matt, care aștepta răbdător.

— Da, desigur. Trebuie să sărbătorim!

Sheila o luă înainte cu Mark.

— Ești bine? o întrebă Matthew pe Kay, făcând-o să-l privească.

— Da, de ce n-aș fi? răspunse ea, încercând să fie convingătoare.

— Păreai preocupată şi m-am gândit că ceva nu e în ordine, zise el, deschizând portiera şi făcându-i semn să intre.

— Totul e în regulă, mulţumesc, spuse Kay, încercând să fie amabilă.

Urcă în maşină şi ascultă discuţia dintre Sheila şi Mark, încercând să ignore faptul că Matt era în spate, lângă ea. Îi bănuia privirile, dar nu se încumeta să-i vorbească.

În scurt timp ajunseră la o terasă, unde comandaseră îngheţată. Kay constată că până şi în privinţa îngheţatei ea şi Matt aveau aceleaşi gusturi. Ceruseră îngheţată de ciocolată, iar Sheila şi Mark comandaseră una de vanilie.

Kay savură îngheţata delicioasă. Era printre puţinele lucruri de care se bucura cu adevărat de când revenise acasă şi avea de gând să se mai răsfeţe şi altă dată. Se bucura că silueta o ajuta şi se putea bucura de plăcerile ei gastronomice destul de des.

— Am o surpriză pentru voi, anunţă Sheila.

— Ce surpriză? întrebă Kay.

Sheila scoase din geantă două cutiuţe şi dădu fiecăruia câte una.

— Sunt parfumurile Water. Unul pentru tine, Kay, şi unul bărbătesc, pentru Matt.

— Mulţumim!

Matthew şi Kay se priviseră uimiţi că reacţionaseră simultan.

— Şi mai am ceva pentru voi, zise Sheila, dându-le două stick-uri. Sunt înregistrările reclamei, le primeşte fiecare fotomodel care participă.

Kay luă stick-ul cu o mână tremurândă, pe când Matt îl luă pe al lui imediat, sigur pe el. Îl invidie puţin, pentru că se simţea ca o adolescentă emoţionată, dar se justifica spunându-şi că, în fond, are doar 19 ani. Poate mai târziu, cu cât va înainta în vârstă, va fi tot mai distantă, mai matură, deşi se îndoia serios de asta. Ceva îi spunea că nu are cum să devina altă persoană decât cea care fusese până atunci.

— Din păcate, noi trebuie să vă lăsăm. Avem o întâlnire cu un partener de afaceri, zise Sheila, atingându-l uşor cu piciorul pe Mark, care înţelese. Ne vedem mâine! Matt, mă bazez pe tine să o conduci acasă pe Kay, adăugă zâmbitoare, înainte de a pleca.

Kay se uită lung după cei doi îndrăgostiţi, apoi îşi îndreptă atenţia din nou spre îngheţată, neavând curaj să spună vreun cuvânt.

— Mai vrei una? o întrebă Matt.

— Nu, mulţumesc. Vreau doar să merg aca-

să, zise Kay, foindu-se pe scaun, căci el zâmbea din nou.

Nu ştia cum poate să fie atât de relaxat, iar ea atât de stânjenită. Simţea că îl trădează pe Kyle cu sentimentele ei pentru Matt, dar nu se putea abţine. În fond, inima nu vibrează la comandă. Pentru Kyle, oricât ar fi încercat, nu simţea nimic. Absolut nimic.

— Bine, te conduc acasă, zise Matt, ridicându-se de pe scaun şi făcându-i semn să-l urmeze.

Ajunseră la maşina lui şi îi deschise portiera, invitând-o să intre. Kay simţi nevoia să spună ceva:

— Ai o maşină frumoasă.

— Da, sunt foarte mulţumit de ea.

Matt se concentră la drum, dar era atent şi la ea. Kay nu ştia cum reuşea să facă asta. Pe drum, trecură printr-un parc. Era deja seară şi nu mai era nimeni pe acolo, aşa că el opri maşina.

— De ce ai oprit? îl întrebă ea.

— Ca să iei puţin aer. Azi ai avut nevoie de aer toată ziua şi m-am gândit că ţi-ar prinde bine şi acum, zise el, coborând şi deschizându-i uşa.

— Bine.

Nu i se părea ciudat să se plimbe puţin, în fond nu era frig.

123

— Ţi-e rece? Ai nevoie de o haină în plus?

Matt O luă de mână, chiar dacă nu ştia sigur la ce reacţie să se aştepte din partea ei. Kay încercă să se împotrivească, dar cu zâmbetul pe buze:

— Matt! Ştii că n-ar trebui să faci asta...

— Ce? Nu fac nimic rău, doar te ţin de mână, zise el, întorcându-i zâmbetul.

— Situaţia e şi aşa destul de grea, fără s-o mai complici şi tu.

— De ce spui asta?

— Nu mă lua în seamă, Matt.

Era atât de frumos... orice femeie s-ar fi aruncat în braţele lui, iar el era aici, cu ea. Asta i se părea ciudat. Asta, şi faptul că destinul îi jucase o astfel de farsă şi îi aduse din nou aproape. Spera doar că, pentru conştiinţa şi liniştea ei, va reuşi să fie destul de puternică încât să-l ignore.

— Bine, dacă spui tu... Vrei să ne mai plimbăm sau să te duc acasă? Cred că ai stat destul afară şi ar fi bine să te odihneşti.

Kay privi cerul plin de stele — o altă ironie a sorţii. Îi plăcea să privească stelele care, mai nou, sclipeau şi în ochii lui.

— Mergem acasă, zise Kay adâncită în privirea lui.

Întoarse capul, fiindcă rămase fără suflare

şi nu voia să facă atac de panică, cum păţise de când revenise acasă.

— Am văzut interviul pe care l-ai dat, rosti Matt, în timp ce mergeau ţinându-se de mână.

— Of...

— Te-ai descurcat admirabil. Apropo, eu pot să întreb când va fi marele eveniment?

— Marele eveniment? se miră sincer Kay.

— Ştii tu, nunta voastră, zise el, mângâindu-i mâna.

Kay se simţea torturată.

— Nu ştiu să-ţi răspund la întrebare, recunoscu ea.

— De ce? Credeam că aţi stabilit deja totul.

Matt îşi împleti degetele cu ale ei şi o privi ca pe-o comoară.

— Nu, n-am stabilit nimic, zise ea, înghiţind cu noduri.

— Mă surprinde. Doi îndrăgostiţi ca voi cu siguranţă îşi doresc să se căsătorească cât mai repede, spuse el, sărutându-i mâna.

— Este timp, trebuie să lămuresc nişte lucruri.

Kay vru să-şi tragă mâna dintr-a lui, dar el i-o duse în dreptul inimii lui.

— Acele lucruri... au cumva legătură cu mine?

Matt o lipi de el.

— N...nu, minţi Kay, simţind că rămâne fără aer.

— Dar atunci, cu ce anume?

— Cu... mine. Trebuie să-mi recuperez memoria, pentru a fi sigură de ceea ce vreau să fac în continuare, zise Kay cu sinceritate, ştiind că îşi deschide sufletul în faţa lui.

Îi simţea răsuflarea caldă pe obraz. Matt parcă îi privea drept în suflet şi i-l punea la grea încercare. Respira tot mai greu şi o înfuria asta. Nu voia ca el să afle că are astfel de probleme uneori, nu voia să afle prea multe din ceea ce simţea... Matt o sărută uşor pe obraz şi observă starea ei.

— Kay, tremuri, ce-i cu tine?

— Ar trebui să mergem mai încet, îi spuse ea, în timp ce se îndreptau spre maşină. N-am nimic, doar du-mă acasă te rog.

Kay începea să-şi revină, fiindcă el îi mângâia energic spatele.

— Bine, haide.

O ajută să urce în maşină, după care intră şi el. Porni maşina imediat şi conduse rapid, dar cu atenţie, spre casă.

Kay tăcu tot drumul. Începea să-şi revină se simtă mai bine. Sheila fusese cu ea când mai

avusese momente de slăbiciune, dar, culmea, cu Matt lângă ea își revenise cel mai repede.

Odată ajunsă acasă, Kay se opri în fața ușii, dar Matt îi luă cheile din mână și deschise ușa. Kay îl întrebă dacă vrea ceva de băut. Se gândea că măcar atât putea să facă pentru faptul că el o adusese acasă.

— Un suc ar fi foarte bun, zise Matt, așezându-se pe canapea, în sufragerie și admirând interiorul. E frumos la tine.

Își scoase geaca de piele jos și rămase în tricou. Când Kay veni cu sucul din bucătărie, îl găsi admirând poza de pe măsuță.

— Frumoasă fotografie. Ai deschis cutia, nu-i așa?

— Da, așa mi-ai spus să fac, răspunse ea, cu un glas inocent.

— Ai de gând să stai în picioare? îi zise el și îi făcu semn să se așeze lângă el, pe canapea.

Ea se supuse.

— Mă bucur că ai deschis-o. Se pare că ți-a plăcut atât de mult ce-ai ai găsit în ea, încât unele obiecte le ții foarte aproape de tine. Chiar și atunci când dai interviuri și răspunzi la întrebări incomode.

Kay plecă ochii, parcă prinsă asupra unui fapt rușinos, și-și turnă suc în pahar.

— Îmi place colierul, o ştii. E un obiect drag pentru mine.

Nu putea înţelege nici în acele momente cum putea un bărbat să fie atât de frumos, încât să-i ia răsuflarea.

— Mă bucur, asta mi-am dorit încă de când l-am făcut, îi spuse el, zâmbind periculos de cuceritor. Kay, vreau să mai stau puţin cu tine, doar să mă asigur că eşti în regulă.

— Nu! Adică nu e nevoie, îşi înduci glasul.

— Bine, dacă nu vrei să mai rămân eu puţin, îl sun pe Kyle, să vină el aici, spuse el, încruntându-se. Nu vreau să-ţi fie rău şi să fii singură. Ar trebui să ai mai multă grijă de tine.

O luă de mână.

— Nu! Nu-l chemi pe Kyle, nu-ţi permit, zise ea, simţind că reacţionează exagerat.

Aşa era ea, mai impulsivă uneori.

— Deci ne-am înţeles, zise Matt zâmbind maliţios, dar devorând-o din priviri. Ai putea să mănânci ceva, dacă tot nu te culci chiar acum.

— Nu mi-e foame, minţi Kay.

— Ba da, cred că îţi este foame, măcar puţin. N-ai mâncat de când am filmat reclama, de azi-dimineaţă, iar apoi ai luat doar o îngheţată, iar asta nu se pune, mai zise el iritând-o cu grija lui.

— Ştii, ai putea să încetezi cu atitudinea asta. Nu mai eşti nevoit să ai grijă de mine, ca atunci în Savannah, aşa că poţi chiar să mergi acasă, îi spuse ea încercând să-l descurajeze.

Vru să se ridice de pe canapea, dar Matt îi puse mâna pe picior.

— Nu-mi poţi spune ce să fac, Kay. Vreau să fac asta şi n-ai cum să mă opreşti. Dacă chiar vrei să ştii, amintirile cu tine din Savannah sunt cele mai frumoase pe care le am cu noi doi. Şi, desigur, să nu uităm ziua de azi, când am filmat reclama împreună. Îţi aminteşti ce s-a întâmplat acolo, Kay?

— Bineînţeles, răspunse ea, pe un ton voit nepăsător. Am filmat o reclamă. Împreună.

Kay închise ochii şi-şi aminti cum o sărutase. Era prea mult pentru ea. Nu mai putea suporta ca el să fie atât de aproape de ea şi să o tot chinuiască în felul acela.

— Şi ne-am sărutat, zise el, accentuând fiecare cuvânt şi luând-o în braţe.

— Da... uneori fotomodelele mai fac asta, sunt chestii actoriceşti, ştii? Pentru public. Nu te-au învăţat asta la cursul tău? zise Kay, deschizând ochii, în sfârşit.

Gândul la cum i-ar fi în braţele lui, în felul acela în care şi-l imaginase uneori, o făcea să ro-

şească. Dacă tremura doar când o ţinea în braţe, oare cum ar reacţiona dacă...

— Dacă aia a fost o chestie actoricească, înseamnă că te-ai descurcat foarte bine, rosti Matt, în depărtându-se deodată de ea şi încruntându-se.

— Nu vreau să mai vorbesc despre asta. Ai dreptate, mi s-a făcut foame.

Kay merse rapid în bucătărie. Îşi scoase o farfurie din dulap, îşi turnă cereale cu lapte şi începu să mănânce.

— Pot să mă servesc şi eu? zise Matt, apărând deodată în pragul uşii cu silueta lui impunătoare.

— Sigur, eşti ca la tine acasă. Măcar atât să fac şi eu pentru tine, după ce ai avut... după ce m-ai găzduit în casa ta atunci.

Îi ură poftă bună şi încercă să se concentreze la mâncare, dar nu-şi putea desprinde ochii de la el. Matt îşi luă şi el o farfurie din dulap, o umplu cu aceleaşi cereale, se aşeză lângă ea şi mâncă. Spre disperarea ei, se potrivea de minune cu încăperea. Era mai înalt decât ea şi decât Kyle, bine clădit, frumos şi atent cu ea şi ...perfect. Trebuia să înceteze să-l mai privească în felul acela. Se ridică de la masă şi-şi spălă farfuria, conştientă că el o urmăreşte din ochi.

— Mă duc să fac un duş, îi spuse. Dacă vrei să mai rămâi, uită-te la un film sau... găseşti tu ceva, până termin, zise ea încruntându-se, căci el zâmbea... Nu-i nimic de râs, Matthew Keats.

— Nu te supăra, o rugă, zâmbind în continuare şi făcând-o să se topească, de parcă ar fi fost de gheaţă. Mi-am adus aminte cum îţi spuneam acolo, în Savannah: dacă ai nevoie de ceva, ştii tu...

Kay tresări din nou. Îşi amintea perfect, dar refuza să-i dea satisfacţie. Deja era prea înfumurat fiindcă purta colierul de la el, nu voia să-i dea şi alte motive de mândrie.

— Trebuie să plec acum, îi zise, întorcându-se cu spatele la el.

O lacrimă i se scurse pe obraz. O şterse furioasă. Trebuia să înceteze cu prostiile. Oare ce făcuse bărbatul ăsta din ea, de plângea aproape instantaneu, ea, care nu suporta să plângă? Se mai relaxă în cada mare, care avea şi hidromasaj. Se îmbrăcă apoi cu o cămaşă lungă de noapte, peste care îşi luă şi un halat bine strâns cu cordonul.

Când ieşise din baie, îl găsi pe Matt pe canapea, privind din nou fotografia cu ei patru în faţa casei de pe plajă.

— Dacă vrei, poţi să mergi şi tu, zise Kay, enervată că roşise din nou.

— Cu siguranţă voi merge, mulţumesc, îi zise el zâmbindu-i.

Dar zâmbetul îi pieri, căci Kay leşină deodată. Din fericire, reuşi s-o prindă la timp. O duse rapid pe pat, în camera ei. Acolo îi făcu din nou manevrele specifice de resuscitare, simţindu-i gustul dulce al buzelor care îl înnebuneau. Inima îi bătu mai puternic în acele momente, ca în clipa când o văzuse prima dată, întinsă pe plajă, vulnerabilă, aproape moartă. I se strângea inima gândindu-se la toate astea. Îşi mai reveni din starea de agitaţie când văzu că ea deschide ochii.

— Cum te simţi? o întrebă, cu voce chinuită. Poţi vorbi?

— Da... Ce s-a întâmplat?

— Ai leşinat, iubi...

Nu rosti cuvântul până la capăt. Nu avea dreptul să o numească astfel.

— Eşti bine acum, totul e bine, îi zise el, luând-o în braţe şi întinzându-se lângă ea.

— Am... ce? Dar de ce? se sperie Kay.

— Nu ştiu. Poate au fost prea multe emoţii pentru ziua de azi. A fost prima ta reclamă de când te-ai întors în Boston, nu-i aşa?

— Da... Ascultă, Matt. Îţi mulţumesc pentru ajutor, din nou... Îi oferi un surâs discret. Sunt bine acum, aşa că poţi să pleci, sigur eşti ocupat

şi n-aş vrea să te reţin, îi spuse, închizând ochii pentru a-şi ascunde tristeţea.

— Nici nu mă gândesc să plec. Vrei, nu vrei, voi rămâne aici în noaptea asta, hotărî el, privind-o cu drag şi strângând-o în braţe.

— Nu te pot convinge să te răzgândeşti?

— Nu. N-are rost să insişti. Merg să fac un duş, apoi mă întorc lângă tine.

Îi zâmbi astfel încât s-o irite puţin, încercând s-o determine să reacţioneze şi să-i revină culoarea din obraji. Se bucură când văzu că reuşeşte.

— Cum? Dar poţi foarte bine să dormi în sufragerie, pe canapea. E foarte confortabilă, să ştii, îi spuse ea simţind că roşeşte sub privirile lui.

— N-aş putea fi într-un loc mai confortabil decât în patul tău, replică Matt, făcând-o să roşească şi mai mult, după care ieşise din cameră cu un zâmbet triumfător.

Kay simţea că va leşina din nou. Soarta nu putea fi mai îndărătnică decât atât cu ea. De ce i se întâmplau toate astea nu avea idee.

Când se întoarse de la baie Matt, avea prosopul înfăşurat în jurul taliei.

— N-ai cumva o pijama pentru bărbaţi pe-aici? o întrebă cu voce inocentă.

— Caută pe acolo, prin dulap. Ar trebui să

găseşti o pereche, îi zise, zâmbind misterios, deşi simţea că are pulsul accelerat din nou, şi numai din vina lui.

Matt scoase ceva din dulap şi se întoarse spre ea:

— Când am spus pijama pentru bărbaţi, nu la asta m-am referit, zise el cu ochii sclipindu-i.

Ţinea în mână o cămaşă de noapte roşie, scurtă şi transparentă. Kay îngheţă.

— Nu la asta m-am referit când am zis să cauţi în dulap. Of, chiar trebuie să fac eu totul?

Se prefăcându-se îmbufnată, pentru a-şi ascunde adevăratele senzaţii. Trecu în grabă pe lângă el şi, simţind aroma gelului de duş, inspiră adânc, pentru a se calma. Căută apoi în dulap şi găsi o bluză largă de pijamale.

— Ţine! Dar pantalonii cu siguranţă nu sunt pe măsura ta. Eu sunt mai slabă, spuse, pentru a părea stăpână pe ea, căci minţea cu neruşinare sugerând că el ar fi gras.

Bărbatul ăla era oricum, numai gras nu, îşi zise. Realiză că se holbează la el şi vru să plece.

— Unde te duci? râse Matt, intuindu-i starea.

Mereu i se părea că el o cunoaşte mai bine decât se cunoştea ea însăşi.

— În sufragerie, fiindcă trebuie să te schim-

bi şi nu vreau să te deranjez.

Îi venea să-l strângă de gât. Putea fi atât de copil câteodată. Bine, aşa era mereu, dar ea se referea la unele porniri specifice bărbaţilor.

— Dar nu mă deranjai, zise el, râzând în continuare.

— Taci şi îmbracă-te! exclamă Kay, dar nu-şi putu reţine un zâmbet.

O enerva atât de rău uneori...

— Sunt gata! anunţă Matt serios, după câteva minute.

— Bine, spuse Kay intrând în dormitorul pe care îl simţea invadat de prezenţa lui. Îl văzu stând pe pat, la bustul gol şi acoperit cu pătura. Cu pătura ei. Un sentiment de egoism o cuprinse deodată.

— Ce mai aştepţi, vino la culcare! o chemă el, zâmbind ca un şmecher.

— De ce n-ai luat bluza aia pe tine? Dacă răceşti, să nu dai vina pe mine, îi spuse ea, făcând eternele ei exerciţii de respiraţie.

Avea nevoie de ele tot mai des în preajma lui.

— E imposibil să răcesc. Ţi-am zis că e foarte cald aici, la tine în apartament?

I-ar fi şters cumva zâmbetul de pe buze, dacă ar fi existat o gumă de şters pentru asta...

Se urcă în pat şi se aşeză pe partea ei, având grijă să-şi tragă pătura până sub bărbie, şi se întoarse cu spatele la el. Simţea o nevoie incontrolabilă de a-i evita privirea.

— Se pare că altcineva a răcit aici, zise Mat, întorcându-se spre ea, dar fără a o lua în braţe.

Cel puţin, nu deocamdată, îşi zise. Frumoaso, te-am văzut când erai doar în costum de baie, pe plajă, iar acum te acoperi astfel? Nu ţi pare că e prea mult? îi şopti la ureche, ameţind-o cu răsuflarea lui.

— Vreau să dorm şi nu mi se pare că trebuie să-ţi cer permisiunea despre felul în care stau în patul meu, zise ea întorcându-se spre el şi fulgerându-l cu privirea.

— Ai dreptate, spuse Matt. Expresia feţei i se schimbă brusc. Ce-i asta?

Văzuse ceva sub perna ei. Kay nu apucă să reacţioneze la timp. El ţinea deja în mână ceva ce ea ar fi vrut ca el să nu vadă.

Kay închise ochii. Simţea frustrare şi jenă atât de puternice, încât ar fi vrut s-o înghită pământul.

— Hm, ce ai tu aici e foarte interesant, zise el zâmbind din toată inima, în timp ce-şi privea propria fotografie.

Descoperirea îl bucura pe Matt mai mult de-

cât putea să realizeze în acel moment. Nu putea însemna decât un singur lucru, și anume că el era în gândurile ei, așa cum ea fusese mereu în gândurile lui, din prima clipă în care o cunoscuse.

— Dă-mi-o înapoi! E a mea și n-ai dreptul să pui mâna pe lucrurile mele, dacă nu-ți dau voie, se supără Kay, certându-l ca pe un copil și luându-i poza din mână.

O puse apoi repede în sertar, la loc sigur. Se simți lipită de corpul lui și sărutată. Era prea mult pentru ea. Matt o săruta fără oprire, dar așa cum știa și putea s-o facă doar el, dulce și blând. O țineau strâns lângă el, iar buzele lui o cucereau cu totul, îi acaparau mintea, gura, sufletul, inima. Kay începu deodată să lăcrimeze, iar el se opri, deși avu nevoie de un efort uriaș pentru asta.

— Kay! Kay, ce s-a întâmplat? Spune-mi, te rog, nu plânge, nu suport să te văd așa.

Nu se putu abține să o iau din nou în brațe.

— Pot să nu spun nimic? Te rog, vreau să nu mă mai întrebi nimic.

Se lipi de pieptul lui, simțindu-i inima bătând cu putere, ca și a ei.

— Aș fi vrut să întreb doar de ce. De ce țineai sub pernă poza cu mine, când ar fi trebuit să ai una cu Kyle, în cel mai rău caz? O mângâie

uşor pe spate, liniştind-o. Dar te voi întreba toate astea mâine, acum te las să dormi, ai nevoie de asta.

O sărută uşor pe frunte şi zâmbi în sinea lui. Îşi dădu seama că se apropia de scopul pentru care venise în Boston. O avea pe femeia pe care o dorea unde o dorea, în braţele lui. Pentru prima dată în ultimele săptămâni dormi mai bine, mai liniştit, mai sigur ca niciodată de ceea ce îşi dorea cu adevărat. Şi-ar fi dorit să doarmă aşa, cu ea în braţele lui, în fiecare noapte.

Kay înţelegea că cel puţin o parte din ea îşi dorise asta de atâta timp... Ştia că în ziua următoare avea de răspuns la întrebări chinuitoare, dar în acel moment nu voia decât să se bucure de el, de prezenţa lui. Pentru prima dată în ultimele săptămâni simţea şi ea că somnul îi vine mai uşor şi ştia cui i se datorează asta...

— Bună dimineaţa! auzi Kay vocea plăcută a lui Matt, care o trezi din somn.

Deschise ochii şi-l văzu că vine cu micul dejun. Se ridică în şezut şi îl privi nedumerită. Nu-i venea să creadă. Matt chiar îi aduse micul dejun şi insista ca ea să mănânce acolo, în pat.

— Bună dimineaţa şi ţie şi mulţumesc, dar nu trebuia să te deranjezi, spuse Kay, începând să mănânce cu poftă. Tu ai mâncat?

Arăta atât de bine, chiar dacă avea tot hainele de ieri. Şi o privea. O privea cu aceeaşi intensitate, iar sufletul ei se simţea tot mai liniştit. Compania lui îi făcea bine în toate sensurile, nu putea nega asta.

— Da, am mâncat. M-am trezit mai devreme, dar te-am lăsat să mai dormi. Părea că nu te-ai mai odihnit atât de bine de ceva timp, îi spuse el, privind-o bănuitor. Cum te simţi?

Kay îi dădu dreptate în sinea ei, dar se concentră asupra cerealelor.

— Bine. Dacă m-aş simţi atât de bine în fiecare zi, ar fi minunat, spuse ea repede, după care realiză cum i-ar putea el interpreta vorbele.

— Se pare că prezenţa mea îţi face bine. Nu pot decât să mă bucur, zise Matt, afişând acel zâmbet atrăgător şi aşezându-se lângă ea. Nu spui nimic? o provocă.

— De ce, trebuie să spun ceva? rosti Kay pe un ton inocent, zâmbind şi ea.

— Nu, ai dreptate, şi tăcerea e un răspuns. îi spuse el zâmbind provocator, mângâindu-i obrazul, văzând-o cum îşi dă ochii peste cap. Ce planuri ai pentru azi?

Mângâierea lui îi transmise din nou fiori dulci prin tot corpul. Se bucura că încă nu o tortura cu întrebările de seara trecută.

— Merg la agenţie, să văd ce mi-a pregătit Sheila pentru azi, spuse ea, terminând de mâncat. Trebuie să mă schimb, adăugă, privindu-l ezitant, ştiind că prinsese din culoare în obraji.

Se ridică din pat şi aşteptă ca el să iasă din cameră.

— Te conduc. Oricum, şi eu trebuie să ajung acolo. Nu uita, dacă ai nevoie de ajutor, ştii tu, mă chemi, o tachină înainte să fie scos afară de Kay, care aruncă cu o pernă în el.

Bărbatul ăsta era hotărât să o chinuiască, să o provoace, îşi zise Kay, în timp ce îmbrăca nişte pantaloni lungi negri şi un tricou alb. Întrebându-se ce să facă în privinţa părului, hotărî să-l lase liber, şi nu fiindcă ştia că lui îi place astfel.

— Arăţi foarte bine, o complimentă Matt.

Îi simţea privirea pe fiecare centimetru din corpul ei, iar asta o intimida. Şi totuşi, o parte din ea se bucura că o admiră şi că îi place ce vede.

— Hai să mergem, avem treabă, zise ea pe un ton voit nepăsător, iritată de râsul lui plăcut şi cald.

Kay se simţi luată de talie şi condusă la maşină. Matt îi potrivi centura, parcă ştiind că o făcea să respire mai greu atunci când o atingea. Când ajunse cu mâna în dreptul taliei, o mângâie uşor, stârnindu-i o furtună de senzaţii plăcute.

Kay se uită repede pe geam şi-şi mască un oftat.
Nu voia ca el să-şi dea seama de ceea ce îi făcea
atât fizic, cât şi mental.

Matt porni maşina.

— Ştii că avem ceva de vorbit, nu? o întrebă.

— Da, zise Kay, vrând să pară sigură pe ea.

— Ştii ce vreau să te întreb, aşa că nu repet.
Vreau răspunsuri, Kay. Cred că ne datorezi asta
amândurora.

— Nu pot să spun nimic lămuritor, aşa că nu
e nevoie de nici o discuţie, zise Kay, încercând să
fie categorică

Inima îi bătea cu putere. Ştia că răspunsul e
unul pe care nici ea nu voia să-l accepte încă. Şi
răspunsul are legătură cu Matt. Doar cu el...

— Bine, am observat că ţie nu-ţi prea place
să vorbeşti despre unele lucruri, dar faptele vor-
besc de la sine.

— Matt... pot doar să-ţi spun că trebuie să
analizez cu atenţie unele lucruri după ce îmi re-
capăt memoria. Doar atunci voi fi liniştită şi voi
putea să gândesc în cunoştinţă de cauză, spuse
Kay sinceră, privindu-l cu drag.

— Dar când vei şti ce ai de făcut să mă anunţi şi
pe mine, te rog. Problema e că dacă memoria îţi va
reveni mai târziu sau peste câţiva ani, ce vei face,
ce vom face? Nu ţi-e de ajuns că ştii ce simţi acum?

Matt frână când ajunseră lângă parcul în care se plimbaseră ultima dată. Kay îi simți mâna pe picior și se întoarse spre el.

— Ar trebui să pornești, nu trebuie să întârziem, căută ea o cale de scăpare.

— Nu, Kay, nu plecăm de aici până nu ne lămurim. Amândoi avem nevoie de asta, o știi prea bine. Încetează să te mai împotrivești. Ochii și corpul tău îmi spun deja tot ceea ce vreau să aud de la tine. De ce te chinui așa lângă un bărbat pentru care se vede de la o poștă că nu simți ceea ce simți pentru mine?

O luă de mână și o privi de parcă ar fi vrut s-o facă să recunoască tot ce simte cu adevărat.

— Matt.... Trebuie să fac ceea ce e corect. Poate chiar l-am iubit pe Kyle înainte și nu e corect să-i înșel așteptările, îi spuse ea, cu ochii aproape înlăcrimați. În același timp, încerc să...

Închise ochii, dar știa că Matt citește în ea ca într-o carte deschisă.

— Ceea ce e corect nu e întotdeauna ceea ce ne dorim, Kay. O știi mai bine decât oricine. Îmi cer scuze că te întreb asta, dar o parte din mine vrea să știe: ai fost a lui Kyle de când te-ai întors acasă? Eu bănuiesc răspunsul, dar vreau să-l aud de la tine. Și încerci să ce? Spune-o Kay, fir-ar să fie! zise el, lipind-o de el.

— Nu că ar fi treaba ta, dar nu, nu ...Kyle și eu nu..., zise ea jenată, iar el înțelese. Și trebuie să încerc să-ți rezist, Matt! Să ignor ceea ce simt pentru tine! Te rog, lasă-mă, dă-mi drumul, ești mulțumit acum? spuse Kay cu ochii în lacrimi, dar simțindu-se eliberată.

Matt o strânse la piept.

— Sunt mai mult decât mulțumit, iubito, O strânse în brațe, liniștind-o, căci ea plângea. Kay, uită-te la mine, te rog, o rugă, îndepărtând-o de el atât cât să-i vadă chipul.

— Mă uit.

— Spune-mi că știi...ce simt pentru tine.

— Cred că știu...

— Te iu... spuse Matt, dar Kay îi puse degetul pe buze.

— Nu, nu acum, nu e momentul acum, îi spuse, sărutându-i obrazul. Ce facem cu asta? zise ea punând mâna pe pieptul lui, atingere care îl încingea și îl bucura.

— Nu știu ce vei face tu, dar știu ce am de gând să fac. Am să fiu mereu prin preajma ta, am să-ți zâmbesc, te voi privi așa cum știu să-ți dărâm toate zidurile, am să te cuceresc Kay Rhymes, ca să nu mi te mai poți împotrivi. Spune-mi că simți asta și cu Kyle. Spune-mi că tremuri toată când se apropie de tine și te ia în brațe, așa

cum se întâmplă când fac eu asta, spune-mi că te uiți la el așa cum te uiți la mine, fiindcă doar atunci te voi lăsa să te îndepărtezi de mine, rosti el cu un glas răgușit.

Îi văzu ochii mari de uimire și o sărută blând, dulce, prelung...

După câteva minute, porni mașina.

— E timpul să mergem, nu vrem să întârziem, zise el privind-o și analizând-o rapid.

Kay tăcu. Îl privi cu drag, apoi se uită pe geam, dar numai câteva secunde, pentru că Matt reușea să-i atragă toată atenția. Se simțea tot mai lipsită de voință în preajma lui, dar și fericită, cu adevărat fericită.

— *Capitolul 11* —

La agenție nu găsiră pe nimeni. Ajunseseră mai devreme decât ceilalți.

— Mă întorc imediat, Kay, îi spuse Matt, mergând spre toaletă.

Kay urcă scările mergând spre biroul Sheilei, bătu la ușă și se simți luată de braț.

— Cu cine ai venit aici? o întrebă Kyle nervos.

— Cu Matt. El m-a condus aici, răspunse Kay speriată.

Nu-l mai văzuse atât de nervos și latura asta a lui nu-i plăcea. În plus, i se părea că miroase a alcool.

— Dar tu ce faci aici atât de devreme?

Încercă să se desprindă de el, dar Kyle o ținea strâns de mână.

— Am venit să pregătesc materialele, zise el cu o privire confuză și întunecată. Se pare că Matt ăsta e mai mereu pe lângă tine. Ce vrea să însemne asta? Se întâmplă ceva ce ar trebui să știu?

— Ă... nimic nelalocul lui, zise Kay, evitând să-i dea amănunte. Inima îi bătea tot mai repe-

de şi respira tot mai greu. Kyle, dă-mi drumul, te rog, mă doare braţul.

— Nu, Kay. A venit timpul să mă respecţi şi să mă accepţi. Eşti a mea şi a nimănui altcuiva! Nu mai tolerez nici un refuz, nici o respingere din partea ta! o ameninţă Kyle cu un glas tunător, lipind-o de el, dar ea reuşi să se desprindă din braţele lui şi o luă la fugă în direcţia scărilor.

Kyle o ajunse din urmă şi o prinse din nou, încercând s-o sărute, dar ea întoarse obrazul, moment în care strigă numele lui Matt cât putu de tare. Kyle o lovi peste faţă, iar Kay căzuse pe scări. Când ajunse la baza scărilor, leşină.

— Ce-ai făcut, nenorocitule?! Vei plăti pentru asta! se auzi vocea gâfâită a lui Matt, care alergă până acolo într-un suflet.

Ajunse într-o clipă lângă Kay, care era întinsă pe podea şi avea ochii închişi. O luă repede în braţe, hotărând că, pentru moment, era mai bine să se ocupe de ea şi pe urmă de Kyle. Acesta o luă la fugă pe lângă ei şi vru să iasă pe spre uşa care tocmai se deschidea. Sheila intră alături de Mark, care închise uşa înainte ca Kyle să reuşească să fugă.

— Kay, draga mea, ce s-a întâmplat? întrebă Sheila, alergând spre ea şi luând-o în braţe.

— Gunoiul ăsta a lovit-o şi a aruncat-o pe

scări. Nu am ajuns la timp ca să intervin, răspunse Matt în timp ce îl prinse pe Kyle, ajutat de Mark.

Matt începu să-l lovească cu sete. Îi venea să-l lovească întruna pentru ceea ce îi făcuse lui Kay. Era transpirat şi furios când Kyle căzu la podea sub loviturile lui. Nu s-ar fi oprit, dacă n-ar fi intervenit Mark.

— Lasă-l, amice. Nu merită să-ţi faci probleme din cauza el. Să se ocupe poliţia de el, zise Mark, în timp ce suna la poliţie şi la ambulanţă.

Între timp, Matt merse la Kay, o trezi din leşin, se asigură că e în regulă, atât cât putea să fie, o luă în braţe şi o întinse pe canapea.

— Cum te simţi? o întrebă, lăsându-se pe vine pentru a o studia mai atent.

Se încruntă văzând vânătaia de pe obrazul ei şi o mângâie acolo, ca şi cum ar fi vrut să i-o şteargă. Kay scânci puţin, dar îl privi cu drag. Între timp, veniseră ambulanţa şi poliţia, care îl preluaseră pe Kyle, iar Sheila şi Mark răspundeau la întrebările poliţiştilor.

În toată acea zarvă se auzise vocea lui Kay ca un balsam pentru inima lui Matt.

— Matt! Ştiu! zise ea fericită, cuprinzându-l cu mâinile.

— Ce e, iubito? Ce s-a întâmplat? spuse Matt, încântat că o simte aşa, lângă el.

O îmbrăţişă şi el şi o mângâie pe spate.

— Matt! Mi-am adus aminte. Kyle a încercat să mă omoare.

— Ştiu, iubito, am văzut şi îmi pare rău că nu am ajuns la timp.

— Nu, Matt, nu înţelegi. Kyle a încercat să mă omoare atunci, pe iaht. Îmi amintesc totul, cât se poate de clar. Mi-am recuperat memoria, Matt, îi spuse ea zâmbind, desprinzându-se din braţele lui doar cât să-i vadă faţa.

— Mă bucur foarte mult, iubito, dar nu vreau să te mai agiţi. Trebuie să te vadă un doctor, să mergi la spital. Vorbim mai târziu despre toate, zise Matt, fericit. Doctore, vino aici, trebuie să mai consulţi pe cineva!

— Dar, Matt, sunt bine, protestă Kay, dar duse imediat mâna la cap — o durea în urma căzăturii.

— Vei fi bine, Kay, te asigur de asta, o asigură Matt, ţinând-o de mână, în timp ce era aşezată pe targă şi dusă la spital, însoţită de cei trei oameni care îi voiau binele.

Mark primi un telefon.

— E despre Kyle. Poliţistul care a fost la agenţie m-a sunat să-mi spună că l-au închis. Vestea stârni zâmbete pe chipurile tuturor. Când doctorul îşi făcuse apariţia pe holul spitalului,

Matt aproape că sări de pe scaun.

— Doctore, cum e, cum se simte?

— Domnişoara Kay Rhymes se află într-o stare foarte bună. I-a revenit şi memoria. Are doar o uşoară anemie, probabil din cauza stresului pe care l-a resimţit în ultima perioadă, dar aceste vitamine o vor pune pe picioare. Va rămâne peste noapte sub observaţie, iar mâine o voi externa, anunţă doctorul, zâmbind.

— Putem s-o vedem? întrebă Matt nerăbdător.

— Da, desigur, dar pe rând şi nu staţi mult. Dacă doriţi, unul dintre voi poate rămâne peste noapte cu ea.

— Voi rămâne eu, hotărî Matt, văzând expresia de mulţumire şi zâmbetul de pe chipul Sheilei.

— Şi tot tu vei merge primul să o vezi, îi spuse ea.

— Mulţumesc, îi zise Matt sărutând-o pe Sheila pe obraz, după care intră în salon.

Kay avea ochii închişi, probabil aţipise. Matt merse la ea, se aşeză pe marginea patului şi o sărută uşor pe frunte, apoi neputându-se abţine, îi sărută şi buzele dulci, de care ştia că nu s-ar sătura niciodată...

Kay deschise ochii şi îi surâse.

— Ai venit...

Îl luă de mână şi-l privi cu drag. Se simţea expusă în faţa lui, dar şi fericită. Se afla lângă bărbatul potrivit. O lacrimă i se scurse uşor pe obraz, lacrimă pe care Matt i-o şterse cu un sărut.

— Cum să nu vin, iubito? Sunt aici şi nu am de gând să te mai las să pleci de lângă mine vreodată.

— Îţi mulţumesc, Matt. N-ai idee cât de mult înseamnă asta pentru mine, zise ea, zâmbind. Dacă nu erai cu mine azi, Kyle ar fi vrut să...

Kay plecă ochii, iar el o înţelese imediat şi simţi cum sângele îi fierbe în vene.

— Nenorocitul! Ne-a făcut atâta rău... dar acum e departe de noi şi aşa va rămâne. Mă bucur că am fost lângă tine şi de data asta, iubito. Nu pot sta mult acum. Sheila abia aşteaptă să te vadă, dar eu voi rămâne peste noapte cu tine.

— Bine. Mulţumesc că stai cu mine. Sigur nu te deranjează? îl întrebă Kay, urmărindu-l cum se îndreaptă spre uşă.

— Nu mă deranjează, Kay. Ar fi trebuit să-ţi dai seama până acum că tot ce îmi doresc este să fiu lângă tine. Ne vedem mai târziu, iubito, avem multe de discutat!

Îi trase cu ochiul şi o făcu să se înroşească.

Sheila intră în salon, în timp ce Mark şi

Matt aşteptau afară. Matt plecă puţin, trebuia să meargă la hotel, să-şi ia haine de schimb şi să se ocupe de ceva...

— Draga mea, cum te simţi? se interesă Sheila, îmbrăţişând-o pe Kay.

— Bine. Din fericire, mâine voi fi externată.

— Ai avut noroc că Matt a fost acolo.

— Da... îi sunt foarte recunoscătoare, zise Kay evitând privirea prietenei sale.

Sheila o luă de mână.

— Kay, încetează, nu te mai ascunde. Crezi că nu mi-am dat seama? Am observat ceva special încă de când am fost să te luăm de acolo. am văzut cum te privea Matt şi cum îl priveai şi tu. Îmi pare atât de rău, draga mea, n-am ştiut ce ticălos e Kyle, altfel m-aş fi ocupat eu de el...

— E în ordine, n-aveai de unde să ştii... Nici eu n-am mai ştiut până azi, când s-a întâmplat ce s-a întâmplat... zise Kay cu voce uşor tristă.

— Au trecut toate, draga mea, eşti în siguranţă acum şi toţi cei care ţin la tine vor avea grijă de tine. Trebuie să faci ceva pentru mine: să-mi povesteşti totul despre tine şi Matt. Promite-mi!

— Bine, dar nu acum, îi spuse Kay roşind. Îţi mulţumesc că eşti aici, cu mine, draga mea prietenă. Nici nu-ţi poţi imagina cât de mult m-ai ajutat.

— Ba da, cred că am idee... zise Sheila, râ-zând ușor. Să te faci bine! Și să fii fericită, să nu mai lași pe nimeni să-ți spună ce ai de făcut. Fericirea ta e legată de bombonelul ăla de băiat blond care te adoră, se vede de pe lună asta. Să nu-l lași să-ți scape.

— Sheila! zise Kay surprinsă, dar izbucni repede în râs. Destul despre mine. Tu ești fericită cu Mark?.

— Știi că am dreptate! Da, sunt foarte fericită, Mark e un dulce. Ne vedem mâine! zise Sheila, zâmbind înainte să plece.

Kay rămase singură, privind zâmbitoare pe fereastra salonului. În sfârșit, lucrurile începeau să se așeze și pentru ea. La un moment dat se auzi o bătaie ușoară în ușă.

— Se poate? spuse Matt deschizând încet ușa.

— Da, intră.

Kay îl întâmpină cu un surâs. Matt arăta foarte bine în tricou alb, blugi albi și geaca lui de piele, pe care și-o scoase imediat. Se așeză pe marginea patului și scoase un buchet de tranda-firi roșii din mâna pe care o ținuse până atunci la spate.

— Îți plac? zise el, zâmbind și luând-o de mână.

— Da, mult, mulțumesc. Sunt florile mele preferate, acum știu asta.

— Da? Și ce altceva mai știi? îi zise el pe un ton provocator, apropiindu-se de buzele ei.

— Că... Kyle m-a mințit în legătură cu mai multe lucruri, răspunse Kay, amintindu-și deodată răspunsul lui mincinos la întrebarea pe care i-o adresase în urmă cu doar câteva zile.

— Vrei să vorbim despre asta? zise Matt și se îndepărtă puțin de ea, văzând-o atât de serioasă.

— Nu.

Era fericită că ea și Kyle nu fuseseră împreună în felul acela... dar asta nu însemna că trebuia să-i spună ceva despre asta și lui Matt.

— Bine. Ți-e foame, vrei să-ți aduc ceva de mâncare? o întrebă Matt, luând-o de mână.

— Puțin, mulțumesc, zise Kay, zâmbind.

— Nu-mi mai mulțumi atât, știi că e plăcerea mea, zise el zâmbind și ieși din salon.

În câteva minute, reveni cu o gustare.

— Tu ai mâncat? îl întrebă Kay.

— Da, nu-ți face griji. Cum te mai simți?

— Tot mai bine. Abia aștept să ajung acasă, mărturisi Kay.

— Vreau să te întreb ceva. Poate e prea devreme, dar îmi doresc asta foarte mult, zise el,

luând-o iarăşi de mână.

Kay termină de mâncat.

— Ce vrei să mă întrebi?

— Vrei să fii iubita mea? Acum nimeni şi nimic nu ne mai împiedică, rosti Matt, cu ochii strălucind.

— Eşti sigur că vrei asta? îl întrebă Kay emoţionată. Inima îi bătea mai puternic, dar de data asta de fericire.

— Am fost sigur de asta de când te-am cunoscut, îi zise el, apropiindu-se de ea şi mângâindu-i obrazul.

— Bine, da, accept să fiu iubita ta, zise Kay surprinzându-l cu un sărut cald.

— Mă bucur, iubito. Hm, ai putea să faci asta mai des. De fapt, mi-ar plăcea să mă săruţi cât de des se poate.

Matt se lumină la faţă, însă Kay nu reuşi decât să roşească şi să-i zâmbească. În sfârşit, era fericită, şi se afla în braţele lui protectoare, în care se simţea atât de bine.

— Matt...

— Da, Kay?

O mângâie pe cap, împletindu-şi degetele în părul ei brunet.

— Am o condiţie, zise ea, devenind deodată serioasă.

— Spune, iubito, zise el, lipind-o de el şi punându-i mâinile în jurul taliei.

— Nu vreau presiuni asupra mea în ceea ce priveşte ... lucrul acela.

— Lucrul acela? zise el amuzat. Ştia la ce se referă, dar voia să o spună până la capăt.

— Ştii tu... cuvântul acela oribil format din trei litere. Nu accept să fiu stresată în legătură cu asta, zise Kay serioasă.

— Kay, când mă gândesc la noi în felul acela îmi vine în minte cuvântul format din opt litere, adică dragoste, în nici un caz ceea ce ţi-a trecut ţie prin minte, iar când vom face dragoste o vom face fiindcă o vei dori şi tu. Şi, crede-mă, mă voi asigura că o vei dori şi tu şi că îţi va face plăcere s-o faci, zise Matt zâmbindu-i provocator.

Kay roşi puternic şi îl luă în braţe pentru a-şi ascunde chipul.

— E timpul să dorm, zise Kay, întinzându-se. Îmi pare rău pentru tine, va fi obositor să dormi acolo, pe scaun.

— Nu-i nimic, te vei revanşa, o tachină Matt. Noapte bună, iubito.

Îşi trase scaunul lângă ea şi-şi lăsă capul pe abdomenul ei, gest care o înduioşă pe Kay, care îi mângâie părul blond.

— Noapte bună, Matt.

Kay închise ochii, gândindu-se că nu poate fi mai fericită decât atât, apoi adormi.

Matt adormi şi el, nu înainte de a adresa câteva cuvinte de mulţumire cuiva care făcuse posibil ca el să fie lângă ea, lângă sirena lui iubită, la care visase de când o cunoscuse.

— Capitolul 12 —

În Savannah, zilele treceau liniștite de când plecase Matt. Mariah și Keanu erau pe plajă și vegheau la siguranța turiștilor.

— Keanu, mi-e atât de dor de fratele meu, zise Mariah îngândurată, privind marea liniștită.

— Sunt sigur că e bine dulceațo, altfel s-ar fi întors mai repede. Doar te sună uneori, zise Keanu zâmbindu-i, încurajând-o, bucurându-se de vremea frumoasă.

— Da, așa e, dar nu mă pot abține. Nu am fost niciodată separați atât de mult timp unul de altul și îi simt lipsa. Sper să-și găsească fericirea, Keanu, zise ea și-l îmbrățișă, profitând de faptul că erau amândoi în turn, departe de ochii curioșilor. Drept răspuns, Keanu o sărută pofticios.

— Ești minunată, dulceațo, îi spuse el, ținând-o în brațe în timp ce ea se întoarse cu spatele la el, cercetând cu privirea plaja.

— Cred că e periculos să fim împreună și aici, fiindcă nu te poți abține și mă tot iei în brațe, zise Mariah zâmbind, lăsându-și capul pe pieptul lui gol. Îl simțea atât de aproape, era practic lipit de ea. Costumația ei de salvamar, formată dintr-un

157

costum de baie dintr-o singură piesă roşie, nu o prea ajuta, iar el era extrem de atrăgător doar în pantalonii aceia scurţi, care îl puneau în evidenţă atât de bine...

— Mie, unul, îmi place. De ce să nu profit de orice ocazie pentru a te simţi aproape? zise el, sărutând-o uşor pe gât. Ai idee de cât de mult te doresc, dulceaţo? îi şopti la ureche, înfiorând-o de plăcere.

— Ştiu tigrule, dar avem treabă, rosti Mariah, încercând să fie serioasă şi desprinzându-se cu greu din braţele lui. Mă duc pe plajă, aici atmosfera devine prea încinsă, îi zise, zâmbind, văzându-i privirea încărcată de dorinţă.

Keanu îi răspunse la zâmbet, după care supraveghe în continuare plaja, neputându-se abţine să nu o urmărească şi pe ea cu privirea. O adora şi era fericit că, în sfârşit, o avea aproape. Şi intenţiona ca treaba asta să rămână neschimbată.

Mariah alerga uşor pe plajă. La un moment dat, văzu o fetiţă care intră cam mult în apă. Deşi marea era liniştită, era periculoasă pentru o fetiţă de patru sau cinci ani, cât părea să aibă fetiţei. Mariah strigă la ea, dar micuţa nu o auzi şi continua să se avânte în mare. De data asta, Mariah nu mai strigă, ci alergă la ea, în mare, prinzând-o

înainte ca micuţa să dispară în valuri. O luă în braţe şi o duse la mal, acolo unde o încredinţă mamei sale, care era foarte agitată, fiindcă micuţa dispăruse pur şi simplu de lângă ea când plecase să arunce un ambalaj la câţiva metri de locul în care stăteau la plajă.

— Dacă aş fi şi eu salvat aşa, mi-aş reveni imediat, chiar dacă aş fi pe moarte, văzându-ţi trupul ăsta apetisant. Spune-mi, puicuţo, n-ai vrea să mă resuscitezi şi pe mine?

Mariah se întoarse imediat încruntată, să vadă cine îndrăznise să-i vorbească astfel. Mai avuse de-a face cu unii bărbaţi care uitau cu cine vorbesc şi de fiecare dată îi pusese la punct. Îşi câştigase reputaţia de „salvamarul de gheaţă", deoarece le respingea avansurile şi nu le permitea să întreacă măsura.

Mariah vru să-i dea o lecţie de bună cuviinţă, dar auzi vocea aspră a lui Keanu:

— Ar trebui să-ţi măsori cuvintele, ca să nu ajungi să le regreţi, zise Keanu strângându-şi pumnii în timp ce i se adresă acelui tânăr obraznic.

Mariah fu surprinsă, nu ştia cum de apăruse Keanu atât de repede acolo. Vedea că e nervos şi încercă să-l calmeze din ochi.

— Care e problema, domnule salvamar? Să

nu-mi spui că n-ai observat ce ca lumea e bună-
ciunea asta. Ai pus şi tu ochii pe ea? Sau e a ta
şi eşti gelos? zise tânărul, rânjind provocator şi
mergând spre ea.

În momentul acela, Keanu îl apucă de braţ,
încercând să se controleze.

— În acest moment te scuzi faţă de domni-
şoara salvamar sau mă voi ocupa personal de
tine, îl ameninţă Keanu pe un ton care nu admi-
tea contraziceri. Aştept! mai zise Keanu, văzând
privirea arogantă, apoi speriată, a tânărului care
se strâmba de durere.

— Îmi cer scuze, domnişoara salvamar, spu-
se tânărul cu glas chinuit, privindu-şi braţul învi-
neţit, apoi o rupse la fugă.

Keanu ajunse într-o clipă lângă Mariah:

— Eşti bine, dulceaţo? o întrebă, abţinân-
du-se cu greu să o ia în braţe.

Nu voia ca oamenii de pe plajă să facă co-
mentarii pe seama lor.

— Da, sunt rănită doar în orgoliu. Puteam
să mă descurc şi singură, ştii asta, nu? Am mai
avut de-a face cu asemenea indivizi, zise Mariah
încruntată, dar emoţionată de gestul lui. Pe lân-
gă faptul că o apărase, se mai şi controlă să nu-l
lovească pe tânăr, iar asta o bucura. Nu voia ca el
să aibă probleme din cauza unui tânăr prostuţ.

— Ştiu, dar nu suport să văd oameni de genul ăsta şi nu vreau să te necăjească nimeni. Vreau să am grijă de tine, Mariah, şi nu ai ce să faci, trebuie să te obişnuieşti, zise Keanu, luând-o de mână.

— Ştiu şi apreciez, dar... În fine, ai dreptate, nici eu nu suport comportamentele idioate, zise Mariah privindu-l cu drag şi seriozitate în acelaşi timp.

De când se ştia nu suporta ca bărbaţii să o privească în felul acela ciudat, care o intimida.

— Hai acasă, dulceaţo. Tura noastră s-a terminat, îi zise Keanu zâmbitor, luând-o de talie şi conducând-o la vestiar.

Mariah îşi luă o rochiţă albastră şi-şi lăsă părul liber. Ieşi din vestiar încântată de felul în care arăta. Keanu o aştepta rezemat de tocul uşii, într-un tricou negru şi pantaloni scurţi de aceeaşi culoare.

— Arăţi splendid, dulceaţo, mă bucur că eşti iubita mea, îi spuse el luând-o de mână, iar ea îi surâse.

— Şi tu arăţi foarte bine, şi ... e reciproc.

Mariah îl îmbrăţişă, iar el o surprinse şi o ridică în braţe, o aşeză pe un dulăpior, după care se lipi de ea şi o sărută lacom. Îşi plimbă mâinile pe talia ei, dar se opri când ajunse în dreptul

sânilor, amintindu-şi unde se află şi că puteau fi surprinşi în orice clipă. Se desprinse cu greu de ea. Amândoi respirau cu greutate.

— Hai să plecăm de aici, îi propuse, cu glas răguşit de dorinţă.

Mariah îl aprobă printr-o mişcare scurtă din cap, prea jenată ca să mai spună ceva. Totul fusese atât de intens, de încins... câteva clipe de foc, aşa le resimţiseră amândoi. Merseră după aceea pe plajă şi ajunseră repede acasă.

— Ţi-e foame? îl întrebă ea timid pe Keanu, căci încă simţea urmele sărutărilor lui fierbinţi.

Se aşeză pe scaun, conştientă că el o priveşte ca pe cel mai dulce desert.

— Da, dulceaţo, mi-e foame de tine şi te-aş devora cu totul, îi zise el apropiindu-se de ea şi sărutând-o, iar ea îşi puse mâinile în jurul taliei lui şi-şi lipise capul de abdomenul său. Chiar şi prin tricou îi simţea trupul bine lucrat. Se desprinse de el, fiindcă raţiunea îi transmitea aceleaşi semnale dintotdeauna.

— Nu, dulceaţa mea, nu mai fugi de mine, ştiu ce faci şi ţin să-ţi amintesc că nu sunt vreun barbar, aşa că n-ai motive să-ţi fie teamă de mine, îi spuse Keanu venind după ea şi îmbrăţişând-o, iar ea îşi ascunse chipul la pieptul lui. Lasă-mă să te iubesc, îngerul meu frumos, lasă-mă

să fac dragoste cu tine, îi mai spuse el, sărutându-i obrajii, apoi buzele, în felul acela unic, în care doar el o putea face.

Rămasă fără reacţie, Mariah fu ridicată în braţe şi condusă în camera ei. Acolo, Keanu o întinse pe pat şi o sărută fără încetare, pe fiecare centimetru al corpului. Îi scoase rochia şi o lasă pe pat, apoi o lipi pe Mariah de el ţinându-i mâinile pe talie, sărutând-o întruna. Ea simţi fiori dulci de plăcere atunci când o sărută pe gât, îi desfăcu încet sutienul şi o mângâie pe spate. Sutienul alunecă, lăsând-o expusă în faţa lui. Mariah simţea că obrajii îi sunt roşii, dar nu putea şi nu mai voia să se împotrivească. Îi rezistase atâţia ani, iar acum, în clipa aceea, simţea că e momentul lor, momentul lor de regăsire şi dragoste.

Privind-o intens, cu dorinţa evidentă în privire, Keanu o întinse pe pat şi începu să se dezbrace. Îşi dădu jos mai întâi tricoul, apoi pantalonii scurţi, rămânând în boxeri. Se întinse deasupra ei şi începuse să o sărute, să o mângâie, să o răsfeţe cu tot ce era, cu tot ce avea, cu tot ce putea să-i ofere.

Lui Mariah i se tăie răsuflarea când el urcă cu mâinile spre sânii ei, pe care îi potrivi în palmele lui. O supuse unei torturi dulci în timp ce gura lui îi gusta sânii într-un mod blând, dulce,

care o făcuse să lăcrimeze de fericire. Fiecare atingere de-a lui era menită să-i ofere plăcere, să-i arate cât de bine putea să fie dacă se lasă în voia lui.

— Să te simți liberă să mă atingi, să mă mângâi, să te bucuri de toate astea, dulceațo, îi șopti la ureche, în timp ce limba lui îi lăsa urme pe ureche.

O mușcă ușor de lob și zâmbi când ea gemu ușor și îi urmă indicațiile. Mâna lui își făcea loc spre coapsele ei, mângâindu-i abdomenul, iar apoi când ajunse în locul în care dorise îi îndepărtă boxerii, făcând-o să tremure.

— Nu, iubito, nu-ți dau voie să-ți fie teamă. Nu-ți dau voie să-ți fie teamă de mine, îi spuse, privind-o în ochi în timp ce boxerii ei alunecau de pe picioarele ei.

Își scoase și el boxerii. Mariah avea ochii închiși. Keanu se lipi de ea și o sărută din nou pe tot corpul, coborând spre abdomenul ei, moment în care se opri.

— Iubito, deschide ochii. Vreau să mă vezi, vreau să te privesc, ești atât de frumoasă și de dulce, să nu ai nici cea mai mică îndoială în privința asta, îi spuse el cu un glas răgușit.

Mariah se bucura că e noapte, iar el nu aprinse veioza la insistențele ei. Deschise ochii, bucurându-se de ceea ce îi putea face el. Simțea

o căldură în tot corpul, dar şi o fericire de nede-scris în cuvinte.

Keanu începu apoi dulcele asediu al cor-pului ei, atingând-o, sărutând-o, gustând-o, aşa cum nu mai făcuse nimeni altcineva, în timp ce ea savura totul, bucurându-se că el se purta ast-fel cu ea. Mângâierile lui îi aduceau plăcere, o plăcere necunoscută până atunci, până la el... iar în momentul în care el se aşeză deasupra ei, ea deschise ochii din nou.

— Ştii ce-mi faci, iubito? Mă faci să te vreau. Acum, îi zise, mângâindu-i obrazul.

— Da... zise ea, îmbujorată şi timidă.

Când intră în corpul ei trecând de bariera fe-minităţii ei într-un mod blând, sărutând-o atunci când ea scânci puţin, Mariah simţi cum îi curg lacrimi pe obraji. Erau lacrimi pe care Keanu i le săruta, lacrimi de fericire, căci acolo cu ea era el, Keanu al ei, băiatul visurilor ei, iar el o ducea pe culmile plăcerii cu acele mişcări înnebunitoare şi răvăşitoare, care o făceau să-şi piardă raţiu-nea.

Se simţea atât de a lui, atât de fericită, de îm-plinită... îl adora pe bărbatul din braţele ei şi ştia că a fost, este şi va fi întotdeauna a lui. Doar a lui.

Asta simţea Mariah când amândoi trăiră emoţia supremă împreună, sărutându-se şi pri-

vindu-se întruna.

— Mariah, spune-mi ceva, te rog, spune-mi că eşti bine, iubito, zise Keanu cu voce chinuită când îi văzuse lacrimile care curgeau încă.

— Sunt bine, nu-ţi face griji. Plâng de fericire, iubitul meu, zise ea zâmbindu-i, iar el îi şterse lacrimile.

Mariah îl simţi pe Keanu răsuflând uşurat şi îi mângâie obrazul.

— Te iubesc, ştii asta, nu-i aşa? o întrebă Keanu cu toată dragostea pe care o ţinuse în inima lui doar pentru ea.

— Da, ştiu. Şi eu te iubesc, Keanu, zise ea stând încă nemişcată, iar el trase pătura peste ei şi o luă în braţe.

— A fost bine, iubito? Nu te mai ruşina, trebuie să ştiu, zise el, zâmbind când observă culoarea din obrajii ei.

— Da. Eşti mulţumit? Îl întrebă Mariah jenată.

— Acum, da, râse el cu poftă. Mariah?

— Da...

— Cum se face că eu sunt primul pentru tine? zise Keanu încântat, strângând-o mai tare în braţe.

— Chiar trebuie să mă întrebi?

— Da, trebuie să ştiu, zise el, sărutând-o şi

aducând-o deasupra lui.

— Fiindcă eşti singurul băiat pe care l-am iubit vreodată, zise ea cu tot curajul pe care şi-l făcuse cu greu.

Văzu bucuria din ochii lui, apoi îl săruta.

— Şi tu eşti singura pe care am iubit-o cu adevărat şi mă bucur că eşti a mea, doar a mea. Mariah... crezi că se poate să... sau e prea devreme pentru tine? o întrebă Keanu, abia găsindu-şi cuvintele, iar Mariah ştia că alege un limbaj cuminte pentru ea.

Mariah amuţi o clipă, dar regăsindu-şi curajul îi răspunse cu glas slab:

— Da...

Keanu atât aşteptase. Îi cuprinse buzele din nou în sărutări fierbinţi şi făcură dragoste cu ea din nou, redescoperindu-se unul pe celălalt.

Capitolul 13

În Boston se făcuse dimineață, o dimineață frumoasă, de sfârșit de vară. Soarele strălucea, iar Kay se pregătea să plece din spital, alături de Matt.

— Matt, vreau să-ți propun ceva, dacă vrei... zise ea zâmbind, privindu-l cu drag în timp ce o conducea acasă.

— Spune, iubito, ce este? zise el plin de dorință.

— Cred că ai putea să te muți la mine, adică n-are rost să stai într-o cameră de hotel, zise Kay, roșind ușor.

— Asta e cea mai indecentă propunere pe care poți să mi-o faci? râse el cu poftă, savurând reacțiile ei timide.

— Dacă nu vrei, nu ești obligat să accepți.

— Mă văd nevoit să accept. Nu m-aș priva de compania ta, mai ales atunci când vine noaptea, zise el, zâmbind provocator în colțul buzelor.

— Matt! Asta nu înseamnă că... zise Kay repede, privindu-l încruntată.

— Nici n-am spus asta, știu la ce să mă aș-tept. Deocamdată, zise el zâmbind din nou, fă-

când-o pe Kay să-și simtă inima bătând mai rapid.

— Am ajuns, hai să mâncăm ceva, îi zise ea. Se apropie ora la care vin Sheila și Mark, zise Kay zâmbind.

— La cum evoluează lucrurile, în curând vom primi invitația la nunta lor.

Odată ajunși acasă, Matt îi deschise portiera și îi întinse mâna pentru a o ajuta să iasă din mașină. Kay zâmbi la gestul lui, dar ceea ce făcea el o și bucura. Îi plăcea că se poartă atât de grijuliu cu ea, chiar avea nevoie de asta, de atenția și de iubirea lui.

După ce mâncară amândoi, așteptară stând pe canapea sosirea Sheilei și a lui Mark.

— Bună, dragilor, se auzi vocea caldă a Sheilei. Cum te simți, Kay?

Mark și Matt dădură mâna. Matt aduse niște sucuri, apoi luară loc, îndreptându-și atenția asupra celor două femei speciale din viața lor.

— Mă simt bine, mulțumesc, spuse Kay, sinceră și fericită. E atât de bine că mi-am recuperat memoria!

— Foarte bine, zise Sheila. Ce altă noutate mai trebuie să ne comunici? mai spuse ea zâmbind cu subînțeles privindu-i, incluzându-l și pe Mark.

—Ă...eu și Matt... adică... noi... zise Kay, roșind.

— Eu şi Kay suntem, în sfârşit, împreună, zise Matt preluând vorbele ei, în timp ce o luă de mână şi îi înconjură talia.

— În sfârşit! Asta e o altă veste foarte bună. M-am tot întrebat cât va mai dura, zise Sheila fericită că o vede pe Kay în sfârşit liniştită şi preţuită cu adevărat.

— Felicitări, amice. Se pare că ai reuşit ce ţi-ai propus, zise Mark, zâmbind.

— Din păcate, am şi o veste mai puţin bună, dar trebuie să ţi-o dau, zise Sheila, privind-o pe Kay cu tristeţe.

— Ce s-a întâmplat? zise Kay, strângându-l mai tare de mână pe Matt.

— Mâine va avea loc procesul lui Kyle şi trebuie să fii prezentă.

— Chiar trebuie? se nelinişti Kay.

Numai gândul că va sta faţă în faţă cu Kyle, cu cel care încercase s-o ucidă şi apoi, zilele trecute, s-o..., o făcea să tremure, dar ştia că trebuie să fie curajoasă.

— Da, draga mea. Tu eşti martorul cheie în acest caz şi trebuie să depui mărturie împotriva lui, îi mai spuse Sheila.

— Bine, o voi face. Numai aşa voi putea să-mi continuu viaţa liniştită, zise Kay, inspirând adânc, simţind mângâierea lui Matt pe spate.

Vreau doar să fiţi alături de mine, îi rugă Kay pe toţi.

— Nici nu se pune problema să nu fim, zise Sheila, zâmbind şi îmbrăţişând-o. Nu mai trebuie să-ţi spun că poţi să-ţi iei un timp liber, doar pentru tine, iar atunci când te simţi pregătită, poţi reveni la agenţie, dacă asta îţi doreşti, adăugă, făcându-le cu ochiul amândurora. Ne vedem mâine, dragilor, acum trebuie să plecăm, avem nişte lucruri de rezolvat.

— Mulţumesc Sheila! o îmbrăţişă Kay încă o dată, după care îi conduseră amândoi până la ieşire.

— Ce ai vrea să facem, iubito? zise Matt îmbrăţişând-o, stând amândoi pe canapea.

— Aş vrea să vorbim cu Mariah şi Keanu, mi-e dor de ei, zise ea, savurând senzaţia pe care i-o dădea îmbrăţişarea lui caldă.

— Ai grijă ce-ţi doreşti, s-ar putea să se îndeplinească..., zise Matt misterios, în timp ce o săruta uşor pe gât şi o lipea mai strâns de el.

Kay tăcu şi se lăsă pentru câteva clipe în voia sărutărilor care o topeau şi o fermecau.

Seara veni rapid şi ei merseră la culcare, adormind unul în braţele celuilalt. Kay se lipi de bustul lui gol, iar când el îşi puse mâna în jurul taliei ei, simţi cum atingerea lui o arde parcă prin

materialul subțire al cămășii de noapte.

— Noapte bună, iubito, îi ură Matt, sărutând-o pe gât și pe umăr.

— Noapte bună, Matt, spuse Kay, tresărind de plăcere la atingerea buzelor lui.

Capitolul 14

În ziua următoare Kay merse la tribunal însoțită de Matt, Sheila și Mark. Kyle o scrută atunci când intră în sală, dar ea încercă să se țină tare. Știa că nu-i mai poate face rău în niciun fel. Merse spre boxa martorilor și își expuse depoziția, încercând să nu lăcrimeze, dar ochii îi erau umezi. La un moment dat, cercetă din ochi sala, căutându-l pe Matt, iar privirea lui îi dăduse putere să-și ducă depoziția la final.

Când judecătorul dictă sentința, toată lumea rămase înmărmurită. Kyle primi douăzeci de ani de închisoare. El încercă să protesteze, dar fără succes. Judecătorul rămase neînduplecat.

Înainte să fie scos din sală, Kyle îi aruncă o privire ucigătoare lui Kay și își linse provocator buza de jos. Kay împietri de spaimă, dar Matt o cuprinse în brațe și atingerea lui o liniștise.

— Gata, iubito, s-a terminat. Nu-ți mai poate face rău niciodată, nu mă mai poate ține la distanță de tine, iar eu sunt aici să am grijă de tine, îi spuse Matt, înconjurându-i talia cu brațele lui puternice.

Cei patru tineri merseră la o cafenea, pentru a se linişti.

— În sfârşit, s-a terminat, spuse Kay, lăsându-şi capul pe umărul lui Matt

El o sărută pe frunte, dându-i un sentiment de siguranţă, de pace sufletească.

— Aşa e, draga mea, îi zise privind-o cu drag. Îi plăcea să o vadă aşa, liniştită.

— S-a întâmplat ceea ce trebuia să se întâmple, rosti Sheila savurându-şi cafeaua.

— E bine că s-a încheiat cu bine, zise şi Mark. Deşi eu şi Kyle am fost prieteni într-o vreme, nu am fost întotdeauna de acord cu lucrurile pe care le făcea.

Timpul trecu şi tinerii se duseră acasă.

— Dormi, iubito, mâine trebuie să fii odihnită fiindcă am o surpriză pentru tine, îi spuse Matt lui Kay în timp ce îşi scotea hainele. Rămase în boxeri.

— Iar? Tu mereu îmi faci surprize, iar eu... zise Kay roşind, fiindcă el se întinse în pat şi o întoarse cu faţa la el.

— Aştept cu nerăbdare să mă surprinzi şi tu, iubito, şi ştii exact cum mi-aş dori s-o faci...

Îi zâmbi provocator, mângâindu-i obrazul şi luând-o în braţe.

Kay înţelese la ce se referă şi plecă ochii, dar

realiză repede că nu fusese o idee prea bună. Pri-
virea i se blocă pur și simplu pe abdomenul lui,
respirația i se opri câteva secunde și clipi rapid,
forțându-se să-l privească în ochi din nou. Era o
variantă mai bună.

— Despre ce e vorba mâine? îl întrebă, desi-
gur, ca să schimbe subiectul.

— Mă bucur că-ți place ce vezi, dar nici dacă
mă privești așa galeș n-am să-ți spun. O surpriză
e o surpriză, iubito. Vei afla mâine și îți va plă-
cea, te asigur. Acum vino în brațele mele și hai să
dormim.

Kay se supuse, ca vrăjită de vorbele lui ade-
menitoare. Era conștientă că o cucerea tot mai
mult cu fiecare zi, în timp ce căldura din trupul ei
creștea odată cu atingerile lui fierbinți, iar asta
o bucura și o speria în același timp. Voia să fie
potrivită pentru el și să-l facă fericit, așa cum o
făcea el să se simtă.

În ziua următoare, Matt o trezi cu un sărut:

— Bună dimineața, iubito. Trezește-te, îm-
bracă-te și să mâncăm repede, fiindcă apoi te
duc să vezi surpriza, îi spuse el, aducând-o dea-
supra lui.

O dorea tot mai mult de fiecare dată când
era lângă ea și, deși știa că deocamdată trebuie
să aștepte, o lua în brațe, o mângâia, o săruta cât

de des putea pentru a o face să se obişnuiască cu trupul lui, cu senzaţiile pe care putea să i le ofere. Voia ca încet, încet să o facă să-l dorească şi apoi să găsească împlinirea împreună.

Kay se trezi în braţele lui, îl sărută şi simţi că i se ridică până în talie cămaşa de noapte. Vruse să coboare din pat, dar Matt nu-i dădu drumul.

— Încă puţin, iubito. Nu-mi lua plăcerea asta, zise el privind-o rugător, în timp ce o mângâia pe spate, iar ea se lipi de pieptul lui.

— Matt, nu mai pot sta aşa, serios. Trebuie să ne grăbim, tu ai zis, spuse ea râzând, iar el oftă şi o lăsă să se îndepărteze de el.

Făcură duş pe rând, apoi se schimbară. În timp ce Matt era la duş, Kay îmbrăcă nişte blugi şi un tricou negru. Nu ştia unde avea de gând s-o ducă şi voia să fie cât mai comodă.

Era cu geaca în mână când îl simţi brusc lângă ea. Braţele lui îi înconjurau talia şi sărutul lung pe care i-l depuse pe gât o înfioră de plăcere, ca respiraţia lui caldă.

— Mergem, iubito, dar nu înainte de asta, zise el, legând-o la ochi cu o eşarfă.

— Dar de ce?

— Aşa rămâi până ajungem acolo, ai încredere în mine, îi spuse el, strângând-o încă o dată în braţe.

— Bine, dar să știi că sunt foarte curioasă, râse Kay când Matt o întoarse spre el, o ridică în brațe și o sărută din nou cu o pasiune mistuitoare.

— Să plecăm acum, zise el, gemând când o depărtă ușor de el.

Kay se lăsă ghidată de el. Astfel ajunse la mașină, iar el îi așeză centura, mușcându-și buza ușor când ajunse cu mâinile în dreptul sânilor.

Drumul i se păru destul de lung lui Kay. Când Matt opri mașina, îl auzi coborând și venind să-i deschidă portiera, așa cum făcea de fiecare dată. Gestul o făcu să lăcrimeze. Matt o luă de mână și îi spuse:

— Mai avem puțin, iubito, mai ai puțină răbdare, îi zise el ghidând-o, iar ea îl urmă.

După ce câteva minute, Matt o așeză cu grijă pe un scaun, iar în scurt timp simți că ceva se ridică împreună cu ea.

— Matt, zburăm cumva? întrebă Kay. Pot să-mi dau eșarfa jos?

— Nu, când va fi cazul, am să ți-o dau eu jos, zise el cu un glas răgușit, și îi simți mâna pe a ei.

Kay adormi în câteva minute, iar Matt o veghea. Ar fi vrut să o vadă mereu așa, liniștită și lângă el. După o oră ajunseră la destinație, iar apoi Matt o urcă într-o altă mașină și o duse un-

deva, într-un loc necunoscut.

— Matt, am să te fac să suferi dacă nu ajungem odată. Nu mai am răbdare, zise Kay râzând.

— Crede-mă că și eu sunt nerăbdător, iubito, dar mai e puțin, zise el, râzând la rândul lui. Ochii îi sclipeau, știa că Kay va fi fericită când vor ajunge la destinație.

După câteva minute, Matt frână în sfârșit.

— Am ajuns? zise Kay simțind că ajunge la capătul răbdării.

— Da, iubito, zise Matt.

Veni în spatele ei și îi dă încet eșarfa jos. Când deschise ochii, Kay începu să plângă.

— Am vrut să te aduc aici, unde a început totul, îi zise Matt, ridicând-o în brațe zâmbitor. Sper că-ți place surpriza mea.

— Matt... n-ai idee cât de mult mă bucur...locul ăsta înseamnă atât de mult pentru mine! Îți mulțumesc! zise ea, fericită, admirând marea și locul unde o aduse Matt.

Era în Savannah, cu bărbatul pe care îl iubea, și nu-și mai încăpea în piele de bucurie.

— Mă bucur că ești fericită, Kay. Așa îmi doresc să te văd mereu, îi zise el lăsând-o ușor jos și sărutând-o pasional.

— Matt, trebuie să-ți mărturisesc ceva. Când a trebuit să plec de aici, o parte din mine n-ar

mai fi plecat, îi zise ea, mângâindu-i obrazul. Aş fi rămas aici, cu tine. Sunt o persoană rea din cauza asta?

— Nu, frumoasa mea, nu eşti. În cazul ăsta, bine ai revenit acasă, iubito, îi spuse Matt lipind-o de el şi făcând-o să lăcrimeze din nou. Nu mai plânge, nu vreau să te văd aşa, îi zise, sărutând-o uşor pe buze, un sărut care îi stârni pe amândoi.

— Mulţumesc, Matt. Sunt lacrimi de fericire, să ştii, îi spuse, punând mâinile pe pieptul lui.

— Oricât de mult mi-aş dori să te mai reţin aici, Mariah nu m-ar ierta dacă nu te-aş duce la ea. E o surpriză pentru amândouă, nici ea nu ştie.

Kay zâmbi şi merse cu Matt spre casă, ţinându-se de mână. Simţea că inima îi va exploda de fericire.

Odată ajunşi acasă, îi surprinseră pe Keanu şi Mariah sărutându-se pe canapea.

— Ne primiţi şi pe noi pe canapea sau nu mai e loc? zise Matt, râzând.

— Matt! Kay! exclamă Mariah, sărind din braţele lui Keanu.

Nu ştia pe cine să îmbrăţişeze mai întâi. Era atât de fericită, dar şi roşie în obraji de ruşine.

Cei doi o îmbrăţişară în acelaşi timp, apoi Matt şi Keanu făcură acelaşi lucru. Kay fu apoi

luată în braţe de Keanu.

— E grozav că sunteţi aici! Asta e într-adevăr o surpriză frumoasă. Nu ne-ai spus nimic, zise Mariah fericită, turnând ciocolată pentru toată lumea.

— Nici eu n-am ştiut nimic, m-a ţinut legată la ochi până aici, spuse Kay.

— În sfârşit, am adus-o acasă, zise Matt privind-o profund, iar Kay îi zâmbi, căci el o luă de mână.

— Mulţumesc. Mă simt ca acasă aici şi voi aţi ajutat la asta.

— Ce s-a întâmplat cu... tot? întrebă Keanu, curios.

— E o poveste lungă, dar mai am o veste bună. Mi-am recuperat memoria, anunţă Kay, surâzând.

— Excelent! Iar acum voi doi... rosti Mariah, privindu-i cu drag.

— Da, noi doi suntem împreună, continuă Matt propoziţia neterminată de sora sa.

— Mă bucur foarte mult pentru voi, dragilor. Se vedea demult că ceva pluteşte în aer în jurul vostru şi mă bucur că sunteţi fericiţi, zise Mariah.

— Da, aşa e, amice. Cum ţi-ai convins sirena să te accepte? întrebă Keanu.

— Se pare că pot fi foarte convingător, zise

Matt, zâmbind şi privind-o intens pe Kay.

— Ajunge cu asta. Povestiţi-ne despre voi, din câte se vede, şi voi aţi descoperit ceva important cât timp am lipsit, zise Kay zâmbind.

— Aşa e, se pare că şi el poate fi convingător, zise Mariah privindu-l cu drag pe Keanu, care o sărută rapid, dar îi înmuie genunchii.

— Un bărbat trebuie să fie convingător şi descurcăreţ, zise Keanu zâmbind provocator, devorând-o pe Mariah din priviri, iar ea simţi asta şi zâmbi timidă.

— Ce bine e când iubirea pluteşte în aer, remarcă Matt.

— Aşa e, zise Keanu care o aduse pe Mariah în braţele lui.

După ce mâncară şi se uitară la un film, se retraseră cu toţii în camerele lor.

Keanu închise uşa şi o ridică pe Mariah în braţele lui, lipind-o de perete. O sărutase, începând dulcele asalt asupra corpului ei, asalt care le provoca atâta plăcere amândurora... O purtă în braţe până în pat, o ajută să scape de hainele enervante, iar apoi o cuceri din nou făcând dragoste cu ea încet, aşa cum ştiau doar ei...

— Mă faci atât de fericit, dulceaţo. Ştii asta, nu? zise Keanu, lipind-o pe Mariah de trupul lui gol.

— Cred că am o mică idee despre asta, fiindcă şi tu mă faci fericită, zise Mariah, îmbrăţişându-l.

— Te iubesc, dulceaţo, să nu uiţi, îi spuse el, sărutând-o înfometat.

— Şi eu te iubesc frumosul meu, îi răspunse Mariah răspunzându-i cu aceeaşi pasiune la sărut. Îmi place cum mă faci să mă simt şi mă bucur că eşti tu, aici, cu mine, zise ea, simţindu-se împlinită.

Kay se afla în braţele lui Matt, care o sărută pofticios şi îi mângâie talia, dar nu îndrăzni mai mult. Ştia că trebuie să aibă răbdare, dar asta nu însemna că nu o săruta ori de câte ori avea ocazia.

— Noapte bună, iubito.

— Noapte bună, Matt.

Kay simţi cum Matt o sărută de-a lungul gâtului.

— E bine aşa, iubito? zise el, lipindu-se cu totul de ea, în timp ce continua să o sărute pe umăr.

Un geamăt uşor al ei îl convinse că savurează ceea ce îi face el, iar asta îl bucura. Îi mângâie braţul şi-şi împleti degetele cu ale ei. Era atât de bine să o simtă lângă el, acolo unde îi era locul. Îi plăcea să o vadă lângă el, să o asculte, să o sărute,

să o lipească de el şi să o simtă aproape.

Matt se opri la un moment dat. Nu voia ca ea să se simtă presată, dar îşi încolăci braţele în jurul ei. Kay îi simţi respiraţia caldă pe gât, lucru care îi făcea plăcere, ca sărutările lui fierbinţi şi răscolitoare, care aprindeau tot mai mult focul din ea. Dacă exista vreun bărbat care să o iubească aşa cum îşi dorise mereu, acela era Matt. Era conştientă şi de eforturile lui în ceea ce o priveşte şi era fericită că Matt nu era sem deloc cu Kyle, nu avea felul acela agresiv de a fi şi de a-i cere să fie a lui cu orice preţ.

Matt o cucerea cu tandreţea, răbdarea şi dragostea lui, deşi mai putea adăuga şi caracterul, fizicul şi privirea. Privirea aceea care îi dădea aripi şi o făcea să fie mai puternică şi să lupte împotriva a tot şi toate...

În ziua următoare, avură cu toţii parte de o surpriză. Veniră Sheila şi Mark în vizită. Se îmbrăţişară, apoi merseră pe plajă. Acolo stătură la soare, jucară diverse sporturi şi înotară în marea caldă şi liniştită. Era o vreme însorită şi toţi se bucurau de acest lucru şi de revederea lor.

— Am o propunere pentru voi, spuse Sheila, privindu-i pe Kay şi pe Matt.

— La ce te mai gândeşti acum? o întrebă Kay, ştiind că prietena ei are tot felul de idei, care

mai de care mai amuzante sau mai ciudate, ca nu mai spună că aflase că făcuse pe Cupidon pentru ea şi Matt...

— Ar trebui să organizaţi o şedinţă foto aici, pe plajă, zilele astea. Cadrul e perfect, remarcă Sheila, încântată de peisajul magnific.

— Şi care ar trebui să fie produsul pe care îl vom promova? se arătă Kay curioasă.

— Lenjerie intimă, zâmbi Sheila când Kay se încruntă puţin la ea.

— Eu sunt de acord, zise Matt, zâmbind în timp ce o ţinea în braţe pe Kay, care îi dădu uşor un cot în coaste, amuzându-i pe toţi:

— Bineînţeles că eşti!

— Ai ceva împotrivă? zise Sheila zâmbind, iar Kay îi observă şiretenia din privire.

— Nu... Am pozat până acum în costum de baie, în rochii, dar va fi prima dată când voi poza în lenjerie intimă, zise Kay, încercând să-şi as-cundă timiditatea.

— E cam la fel ca la costumele de baie. Draga mea, arăţi bine, nu trebuie să ai reţineri, o încu-rajă Sheila.

— Cine va fi fotograful? întrebă Kay, obiş-nuindu-se cu ideea că va poza alături de Matt în lenjerie intimă, lucru care îi făcea plăcere, dar o şi intimida puţin.

— Mark, desigur, răspunse Sheila, în timp ce primea un sărut rapid, dar dulce, de la iubitul ei.

— Sunt sigură că vă veţi descurca, zise şi Mariah zâmbitoare, din braţele lui Keanu.

— Atunci, aşa rămâne. Peste câteva ore e prea devreme pentru voi? întrebă Sheila.

— Nu, e foarte bine, zise Kay, iar Matt aprobă printr-un zâmbet larg.

— Bine, atunci, la ora trei după-amiază facem şedinţa foto, decise Mark.

Sheila, Kay şi Mariah merseră la cumpărături însoţite de băieţi. Erau fericite că aveau multe produse achiziţionate. Merseră apoi cu toţii să mănânce, apoi se odihniră puţin înainte de a se întoarce pe plajă, pentru şedinţa foto.

Cadrul natural era superb: aveau în fundal marea, nisipul şi vremea frumoasă.

Kay se schimba într-un mic separeu din rulota care fusese adusă pe plajă, iar Matt într-unul vecin.

— Kay? se auzi vocea serioasă a lui Matt.

— Da? zise ea, încheindu-şi sutienul.

— Ai nevoie de ajutor?

— A, asta era, am crezut că s-a întâmplat ceva. Mă descurc, mulţumesc, spuse ea pe un ton dulce, dar Matt îi ghici încordarea din glas şi zâmbi.

— Dacă te răzgândeşti, ştii la cine să apelezi.

— De fapt, sunt gata, zâmbi ea, deschizând uşa.

Matt rămase în loc pentru o clipă. O mai văzuse în costum de baie şi o dată în lenjerie intimă, dar îl fermecă din nou cu apariţia ei. Era superbă în lenjeria neagră, iar la mijloc avea un material care dădea impresia de fustă în colţuri, căci era prins într-o parte.

Kay era intimidată, dar şi flatată. Voia să fie atractivă pentru el.

— Eşti minunată, dulce şi frumoasă, iubito, îi zise Matt, venind spre ea şi îmbrăţişând-o. Dacă n-ar fi şedinţa asta foto şi barierele pe care mi le impui, aş face dragoste cu tine chiar în momentul ăsta. Te doresc atât de mult, iubito, îi murmură la ureche, în timp ce îi mângâia obrazul cu atât de multă tandreţe, încât Kay se topi cu totul. Îl privi cu ochi mari, îşi lăsă capul pe umărul lui şi surâse, savurând senzaţia. Mâinile lui pe talia ei îi transmiteau căldură în tot corpul. Era atât de multă iubire şi dorinţă în ochii lui... Nu s-ar fi săturat să-l privească şi parcă îi îndepărta temerile şi barierele cu fiecare zi care trecea...

După câteva minute, în care rămaseră aşa, îmbrăţişaţi, vocea Sheilei îi trezi din visare.

— Dragilor, haideţi!

Kay se îndepărtă cu greu din braţele lui Matt.

— Venim! zise ea repede, apoi îl luă de mână şi îl trase afară, iar el o urmă zâmbind.

Pozară jumătate de oră în diverse ipostaze împreună, timp în care Kay simţea tandreţe şi dorinţă în îmbrăţişările lui Matt, iar pozele ieşiră minunat şi toată lumea era mulţumită.

Keanu şi Mariah asistară veseli şi îmbrăţişaţi la toată scena, iar apoi, la insistenţele Sheilei, fură şi ei fotografiaţi. Matt îi fotografie pe Sheila şi Mark, astfel că toţi îşi făcură nişte amintiri frumoase împreună, dar şi în cuplu.

Ziua se încheie minunat acasă la Matt, cu o cină gustoasă, la care fură prezenţi cu toţii. Kay merse la un moment dat la bucătărie şi îi auzi pe Matt şi pe Sheila vorbind.

— Va ieşi minunat! exclamă Sheila încântată.

— Despre ce vorbiţi? îi întrebă.

— Despre viitoarea şedinţă foto, zise Sheila jumătate de adevăr.

— Deja te gândeşti la următoarea? zise Kay, observând că Sheila e cam misterioasă.

— Da, zise ea, zâmbind larg, iar în ochi avea o strălucire aparte.

— La ce te-ai gândit? zise Kay, care fu imediat îmbrăţişată de Matt.

— Vei afla la momentul potrivit, zise Sheila zâmbind şi ieşind din bucătărie.

— Ce ţi-a zis? Ea mereu unelteşte câte ceva.

— Ce ţi-a zis şi ţie, iar uneltirile ei ne-au re-adus împreună, zise Matt zâmbind rapid şi sărutând-o, pentru a-i opri întrebările. Hai la culcare, sunt obosit, îi şopti cu o voce cam nefirească şi răguşită. Kay întredeschise buzele căci el o săruta pe obraji, pe gât, provocându-i plăcere.

— Matt, eşti obosit, ai uitat? îi spuse, desprinzându-se cu greu de el.

Merseră amândoi în cameră, nu înainte de a le spune noapte bună celorlalţi, care se retrăgeau şi ei.

Kay intră prima la baie. Matt, observă ea, avea o privire enigmatică.

— Noapte bună, iubito, îi ură Matt şi o sărută uşor.

— Noapte bună, Matt, zise Kay fericită.

După minute îndelungi de sărutări, adormiră amândoi îmbrăţişaţi.

— Iubito, trezeşte-te, îi zise Matt, sărutând-o.

— Mmm... Mai lasă-mă să dorm. Cât e ceasul? zise Kay, constatând că era întuneric.

— Nu se poate, trebuie să mergem la o plim-

bare, iubito. Vei avea timp de dormit după aceea, îi explică Matt ridicându-se din pat şi îmbrăcându-se repede în pantaloni scurţi şi în tricou alb.

— Trebuie neapărat? Mi-e foarte somn, protestă Kay, întinzându-se.

— Da, haide, somnoroasă mică, zise el zâmbitor, trecându-şi o mână prin păr.

O ajută să coboare din pat. Kay se pieptănă rapid, dar când văzuse că e în cămaşa de noapte albă, care nu era nici până la genunchi, şi nici nu avea sutienul pe ea, îl rugă din priviri să iasă din cameră.

— Nu iubito, nu ies, poţi veni aşa cum eşti, e foarte bine, zise el privind-o cu dorinţă, o dorinţă arzătoare. Lui Kay îi era puţin teamă, dar se lăsă convinsă din nou. Se bucura că avea slipul tot de culoare albă pe ea. Oricum, aşa dormea în fiecare noapte, în cămaşă de noapte şi în slip, doar fără sutien, căci îi era incomod. Oricât insistă ea, Matt o convinse şi în privinţa asta.

Kay îl urmă curioasă şi când ieşiră din casă îl întrebă:

— Unde mă duci, Matt?

— Aşteaptă puţin şi vei vedea, iubito, îi zise el privind-o şi zâmbind misterios.

Mergeau pe plajă şi Kay se bucura că nu e frig. La un moment dat, ajunseră la o căsuţă.

— Închide ochii puţin, iubito, o rugă Matt.

— Matt, ce-mi mai pregăteşti acum? Îmi faci atâtea surprize, nu ştiu dacă le merit.

— Ba da, iubito, tu meriţi totul, îi zise Matt sărutând-o rapid, dar mai fierbinte decât până atunci. Poţi să deschizi ochii!

Kay deschise ochii şi simţi lacrimi în ochi imediat. Pe un panou din lemn era scris cu ajutorul unor luminiţe mesajul „La mulţi ani, iubito!"

— La mulţi ani, iubito! îi spuse şi Matt, întinzându-i un buchet mare de trandafiri roşii.

— Matt! E... minunat, mulţumesc frumos!

Kay îi sări în braţe şi îl sărută.

— Să-ţi iau mai des flori, ca mă săruţi şi să-mi sari aşa în braţe? zise el răsucind-o în braţele lui.

— Îţi mulţumesc foarte mult, Matt! Cu toată agitaţia din ultimele zile, pur şi simplu uitase de ziua ei. Cum? De unde ai ştiut? mai zise ea surprinsă, stând acum aşezată pe nisip, în braţele lui Matt.

— Nu întreba, zise el zâmbind.

Se juca cu breteaua cămăşii ei de noapte.

— A fost Sheila, nu-i aşa? zise Kay zâmbind.

— Din nou, recunoscu el, după care îi sărută umărul. Kay, hai să mai facem câţiva paşi, să ne mai plimbăm puţin, e o noapte foarte frumoasă.

— Bine, acceptă Kay.

Mergeau astfel înlănţuiţi şi fericiţi pe plajă, care era pustie la ora aceea. Era ora 0:00 şi toată porţiunea aceea de plajă era doar a lor, doar pentru ei.

— Închide ochii din nou, Kay, îi zise el, iar ea îi simţi vocea emoţionată.

Kay se supuse, întrebându-se oare ce mai urma.

— Deschide-i! auzi ea vocea caldă a lui Matt.

Kay deschise ochii şi-şi simţi inima bătându-i mai tare. În faţa ei era scris cu ajutorul scoicilor şi al luminiţelor din jurul lor mesajul: „Vrei să fii soţia mea?" Simţi lacrimi în ochi şi de această dată. Aproape rămase fără aer, căci Matt se aşeză în genunchi în faţa ei şi îi întinse o cutiuţă în care se afla un inel superb de logodnă.

— Din prima clipă în care te-am văzut pe plajă am ştiut că tu eşti sirena pe care o aşteptam în viaţa mea şi îmi doresc să rămâi în lumea mea, lângă mine, aşa că... Serena... Kay... vrei să rămâi sirena mea pentru totdeauna, vrei să fii soţia mea? o întrebă Matt pe un ton glumeţ, dar impresionat, cu ochii strălucind de emoţie.

— Da! îi răspunse, în timp ce el îi puse inelul pe deget.

— Te iubesc Kay, să nu uiţi niciodată! îi zise

Matt fericit, ridicându-se şi îmbrăţişând-o.

— Şi eu te iubesc, Matt! îi zise Kay sărutându-l, punând în acel sărut toată dragostea pe care o simţea pentru el.

Matt o luă apoi şi o întinse pe nisip, sărutând-o, fericit să ştie că sirena lui avea să-i fie alături pentru totdeauna.

— Nu-ţi fie teamă, iubito, sunt aici, cu tine, zise el, cu glas răguşit de dorinţă în timp ce îi săruta buzele şi îşi împletea degetele cu ale ei.

Kay se lăsă în voia lui, în voia sărutărilor şi a mângâierilor lui, care o făceau să i se abandoneze, să-l dorească tot mai mult... În fiecare loc pe care îl atingea şi îl săruta, Matt lăsa urme de foc, iar când îi scoase încet cămaşa, Kay se simţi iubită şi dorită.

Matt scăpă de tricou şi de pantalonii scurţi, rămânând doar în boxeri.

— Eşti foarte frumoasă, iubito, ţi-am mai spus asta?

Veni deasupra ei şi o privi dornic, foarte dornic.

— Da, mi-ai mai spus, zise Kay, înghiţind cu greu.

Ştia că Matt o doreşte mai mult ca oricând în acel moment, iar ea simţea acelaşi lucru, dar îi era teamă.

— Nu te mai uita aşa la mine, nu te voi mânca, cel puţin nu la propriu, zise Matt sărutându-i buzele.

— Matt... ascultă-mă... vreau să fiu .... potrivită pentru tine, dar ... eu nu... zise ea printre sărutările lui incendiare.

— Ştiu, iubito. Ştiu ce vrei să-mi spui, simţeam asta, dar eşti potrivită pentru mine, iubito, nu-ţi mai face atâtea griji. Ascultă-mă, Kay, ştiu că ai spus să nu te presez în legătură cu ce-ţi fac, cu ce facem acum, dar uite cum procedăm: te laşi în voia mea atât cât îţi doreşti, iar dacă vrei să mă opresc o voi face şi de data asta. Nu te voi forţa, iar tu ştii asta, dar lasă-mă să te simt, să te gust, să te ating, iubito, îi zise el în şoaptă, iar vorbele lui o făcură să tremure. Tremuri, iubito, dar lasă-mă să te fac să tremuri de dorinţă, lasă-mă să-ţi arăt cât de minunat poate fi, îi mai zise el începând din nou să o sărute.

Kay se hotărî să accepte propunerea lui, simţindu-şi corpul fremătând, dar în scurt timp el o făcu să-şi piardă luciditatea, să vibreze de dorinţă. Felul în care o atingea, în care o mângâia o făcea să vrea, să-l vrea, să tânjească la ceea ce îşi dorise mereu: să fie iubită în felul acela minunat.

Corpul îi fu invadat de senzaţii necunoscute până atunci, stârnite de mângâierile şi săruturile lui Matt, care o ajută să scape şi de slip. Kay închise ochii, dar vocea lui răguşită îi spuse să-i deschidă. Matt era frumos, foarte frumos şi era acolo, al ei, doar al ei.

Se lăsă îmbrăţişată. Matt îi anticipa dorinţele şi o atingea exact cât trebuia, acolo unde trebuia. Curând ea îşi arcui spatele, căci el îi mângâie cu delicateţe sânii, apoi coborî spre coapsele ei, unde o fermecă şi o topi cu atingerile şi cu săruturile lui experte. Kay nu se mai simţise aşa niciodată: dornică şi pregătită să se dăruiască unui bărbat, celui mai bun pentru ea...

Se atinseră, descoperindu-se, explorându-se, alintându-se, sărutându-se, simţind cât de multe îşi pot oferi unul celuilalt...

— Kay... nu mă vei opri acum, nu-i aşa? Eşti frumoasă şi dulce, iubito, şi atât de pregătită pentru mine, auzi ea şoaptele lui fierbinţi de iubire...

Kay avu putere doar să-i facă semn că nu din cap. Amândoi respirau cu greutate. Atât vru el să ştie, atunci când se aşeză deasupra ei. Câteva minute mai târziu o pătrunse, atent, blând, tandru şi dulce, acoperindu-i micul oftat cu sărutările lui pasionale, privind-o în ochi întruna.

— Şşş, iubito, sunt aici cu tine, sunt aici...îi spuse el printre sărutări, simţind-o cum se relaxează.

Matt se simţea atât de bine în ea, acolo era locul lui... Mişcările deveniră apoi mai intense, mai rapide, oferindu-le plăcere amândurora, până când atinseră amândoi stelele, iar marea îi învelea protectoare cu valurile ei.

În acea clipă de plăcere supremă, îşi rostiră unul altuia numele şi se priviră intens, conştienţi că simţeau împlinirea şi că nimeni şi nimic nu-i va mai despărţi vreodată, fiindcă îşi aparţineau unul altuia, acum mai mult ca oricând...

— Te iubesc, Kay, iubito. Sper că nu te-am rănit, zise el grijuliu, aflat încă în ea. Dacă ar fi fost după el, ar fi rămas acolo pentru totdeauna...

— Şi eu te iubesc. În sfârşit, mi-ai dat aripi să zbor, iubitule... şi sunt bine... zise Kay, roşind.

— O, Kay, am făcut dragoste direct pe nisip, nici măcar nu am avut o pătură... Unde mi-a fost capul? zise Matt ieşind uşor din ea.

Vru să se ridice, dar ea îl luă de mână.

— Matt, stai liniştit. Eşti tu aici, iar asta e tot ce am eu nevoie. Ia-mă în braţe, îl rugă, visătoare.

Matt o îmbrăţişă şi o sărută din nou, aducând-o deasupra lui.

— Kay?

— Da?

— Vreau să fac dragoste cu tine din nou, iubito.

Kay dădu uşor din cap şi se lăsă purtată din nou pe tărâmul acela magic, acolo unde el îi arătă drumul şi făcu să-i fie atât de bine...

Spre dimineaţă, plecară spre casă, iar ea era bucuroasă că nu se luminase încă de ziuă. Odată ajunşi în cameră, adormiră îmbrăţişaţi.

— *Capitolul 15* —

A doua zi, Kay se schimbă într-o rochiţă verde şi ieşi din cameră, nu înainte de a săruta buzele dulci ale lui Matt, care încă dormea. Merse în bucătărie pentru a bea un pahar de lapte.

— Ce matinală eşti azi, zise Sheila, apărând în prag.

— Se poate spune acelaşi lucru şi despre tine, zâmbi Kay.

— La mulţi ani, draga mea. Îţi doresc toată fericirea din lume, zise ea, îmbrăţişând-o.

— Mulţumesc, Sheila.

Sheila se aşeză pe scaun şi îşi turnă şi ea nişte lapte într-o cană.

— Ce este ăsta şi când aveai de gând să mă anunţi? întrebă, ea prefăcându-se încruntată, atunci când o luă de mână şi îi văzu inelul.

— Este ceea ce vezi şi abia l-am primit, aşa că urma să vă anunţăm pe toţi, zise Kay fericită.

— E superb, draga mea, mă bucur foarte mult pentru tine

Sheila zâmbi în colţul buzelor...

— Sheila! Ştiai despre asta?

Era rândul ei să facă pe încruntata.

— E atât de evident?

— Când vine vorba de tine, mă pot aştepta la orice, zâmbi Kay.

— Ei, haide, trebuie să recunoşti că am făcut şi fac doar lucruri bune, se lăudă Sheila.

— Aşa e şi nu ştiu cum să te răsplătesc pentru tot ce ai făcut pentru mine, pentru noi... zise Kay, recunoscătoare.

— Mă bucur că pot să te ajut, aveai nevoie de asta, de toate astea...

— Ai dreptate.

— Şefa şi prietena au întotdeauna dreptate. Să mai întreb şi în ce moment l-ai primit?

— Azi-noapte, răspunse Kay, încercând să nu roşească, deşi privirii viclene a Sheilei nu-i scăpa nimic.

— Hm, deci, azi-noapte... Mai ai şi altceva să-mi spui?

— Da... M-a dus în faţa unei căsuţe unde era un panou mare pe care era scrisă o urare pentru mine, de ziua mea, apoi... m-a dus pe plajă unde am văzut alt mesaj, compus din scoici şi luminiţe, prin care mă cerea de soţie, zise Kay, în culmea fericirii.

— A, super! Şi apoi?

— Şi apoi am primit inelul ăsta superb, zise Kay zâmbitoare.

Bănuia că prietena nu se va mulţumi doar cu atât şi se înroşise din nou.

— Şi apoi?

— Şi apoi, am acceptat, desigur, zise ea simţind că îi bate inima ca la maraton.

— Kay! Aştept! Spune-mi odată!

— Şi apoi... am venit acasă şi nu mai am nimic de zis, râse Kay.

— Şmechero! Te-am prins! Vrei să ţii detaliile picante doar pentru tine.

— Cred că pot să fac asta.

— Iar eu cred că pot să spun că fericirea e evidentă pe chipul tău şi nu pot decât să mă bucur pentru tine.

— Ce tot şuşotiţi aici? întrebă Matt, apărând în bucătărie.

Arăta foarte bine în maieu şi pantaloni scurţi negri. Din câţiva paşi, ajunse lângă ea şi o luă în braţe.

— Nu şuşotim deloc, vorbim tare despre voi, zise Sheila, privindu-i cu drag pe amândoi.

— Sper că de bine, zise el, zâmbind. Ce mai face viitoarea mea soţie? O sărută uşor pe buze pe Kay. Ai plecat prea repede din pat.

— Eu merg să-l trezesc pe Mark, se pare că băieţii sunt mai somnoroşi în dimineaţa asta, zise Sheila râzând şi ieşi din bucătărie.

— Azi nu avem nimic de făcut, şedinţele foto le-am terminat, deci avem doar o alternativă, iubito... zise Matt insinuant, în timp ce o lipea pe Kay de perete, dându-i un sărut.

— Matt! Poate să vină cineva... zise ea, abia reuşind să protesteze.

— Şi ce dacă? Nu e ceva ce n-au mai văzut, suntem doi oameni care se sărută, corectez, doi oameni foarte îndrăgostiţi care se sărută...

— Uuu, luaţi-vă o cameră, iubăreţilor, zise Keanu, care intră chiar în acel moment în bucătărie.

— Nu puteai să baţi la uşă? îl mustră Matt, zâmbind.

Kay se înroşi tot mai tare şi se desprinse din braţele lui. Se amuză când Mariah îl lovise uşor în coaste.

— Am bătut, dar eraţi prea prinşi... zise Keanu.

O luă în braţe pe Mariah şi o duse la masă, înainte ca ea să-i mai dea una.

Când Kay tăia pâine, se auzi o exclamaţie:

— Uau, ce e ăla? întrebă Mariah, văzându-i inelul pe deget.

— Un inel de logodnă, răspunse Matt zâmbind, iar Kay îi simţi privirea devoratoare asupra ei.

Între timp veniră şi Sheila şi Mark.

— Adică voi doi...

Maria lăsă propoziţia neterminată.

— Adică că în curând vom avea nevoie de două perechi de naşi, spuse Matt râzând, iar ceilalţi îi urmară exemplul.

— Cu drag acceptăm propunerea voastră, zise Sheila.

— Felicitări, frumoşilor, spuse şi Mark.

— Şi noi acceptăm, rosti şi Keanu.

— Pentru voi, pentru iubirea voastră, să fiţi fericiţi, iar ţie, Kay, la mulţi ani! Aşteptăm marele eveniment, zise Mariah scoţând din dulap o sticlă de şampanie şi turnând în paharele tuturor.

— Pe când nunta? întrebă Keanu.

— Vă mulţumim, zise Matt emoţionat, căci Kay rămase fără cuvinte şi doar le zâmbea tuturor.

— Încă nu am discutat despre asta, reuşi Kay, în sfârşit, să spună ceva.

— Cât mai curând, din partea mea, zise Matt şi o luă în braţe.

— În cazul ăsta, aşteptăm invitaţia, rosti Keanu, în timp ce o lipea pe Mariah de el.

Discutară cu toţii despre planurile de nuntă, iar seara veni atât de rapid, de parcă ar fi zburat timpul...

După o săptămână...

Veni ziua mult așteptată... Kay era pregătită de către nașele ei, Sheila și Mariah.

— Ești atât de frumoasă, Kay, o complimentă Sheila, care purta o rochie albastră lungă.

— Mulțumesc, zise Kay, privindu-se în oglindă.

Îi plăcea ce vedea, rochia albă de prințesă îi venea superb, iar părul brunet îi era aranjat în bucle lejere. Pe cap avea o coroniță incrustată cu pietricele semiprețioase care străluceau, dar nu atât de intens ca ochii ei.

— Matt va fi în al nouălea cer când te va vedea, zise și Mariah, care își aranja volănașele rochiei roșii ce îi venea până deasupra genunchilor.

— Așa vor fi și nașii noștri atunci când vă vor vedea, zise Kay zâmbitoare, întorcându-se spre ele și îmbrățișându-le.

— Nu e momentul pentru lacrimi, fetelor, zise Sheila emoționată, ștergându-și lacrima din colțul ochiului.

— Să mergem, altfel va trebui să ne refacem machiajul, zise Mariah zâmbind.

Ceremonia civilă avu loc pe plajă, în mijlocul invitaților, care asistau fermecați de cei doi tineri frumoși. Acolo unde urma să stea ei doi se

afla o arcadă de flori, dar şi de-a lungul rândurilor de invitaţi erau flori. Peste tot, numai trandafiri roşii, după dorinţa miresei.

În timp ce Kay mergea spre Matt, condusă de doctorul care o îngrijise mai demult, el înţelese din nou cât e de norocos şi fericit era că are o asemenea femeie alături.

Kay şi Mat se priviră intens, zâmbitori, ca şi când ar fi fost doar ei doi acolo, pe plajă, până când ajunseră unul lângă celălalt. Apoi se luară de mână.

În timp ce ascultau cuvintele celui care îi căsătorea, cele două perechi de naşi se uitau la ei cu drag şi se priveau şi ei, fericiţi de evenimentul special la care asistau.

Când veni momentul sărutului, Matt şi Kay profitară de el încântaţi şi fericiţi. Toată lumea aplaudă şi se bucură, iar ei doi erau cei mai fericiţi. Era momentul lor, foarte aşteptat.

Cu toţii merseră apoi la biserica din apropiere pentru ceremonia religioasă.

Matt şi Kay ascultară cu atenţie ceea ce le spuse preotul, iar la final mirele îşi sărută mireasa dulce şi intens, privind-o cu dragoste.

Urmă petrecerea de nuntă, deschisă de dansul mirilor.

— Îţi aduci aminte? Pe melodia asta am dan-

sat prima dată, îi zise Matt lui Kay.

— Acum îmi aduc aminte totul, iubitul meu. Ceea ce am trăit cu tine nu am uitat niciodată, răspunse Kay, fermecată de bărbatul minunat care o ținea în brațe.

— Ești fericită, iubito? o întrebă el, mângâindu-i obrazul.

— Da, sunt cea mai fericită și asta doar datorită ție, salvamarul meu frumos. Te iubesc și te voi iubi întotdeauna!

— Și eu te iubesc și te voi iubi mereu, sirena mea frumoasă.

O sărută în timp ce dansau unul dintre multele dansuri ale iubirii lor.

Mai târziu, în camera de hotel din Paris, unde își petreceau luna de miere, făcură dragoste iar și iar, bucurându-se de iubirea lor. Kay știu atunci că nu avea să mai sufere de amnezie niciodată...

— Sfârșit —

Pe valurile iubirii/ *Lorena Lenn*
Timișoara: Stylished 2018
ISBN: 978-606-94577-8-8

Editura STYLISHED
Timișoara, Județul Timiș
Calea Martirilor 1989, nr. 51/27
Tel.: (+40)727.07.49.48
www.stylishedbooks.ro

Corectură, redactare și restilizare: Oana Călin